天翔ける水軍

星野 盛久

ブックウェイ

愛する渋谷倫子に捧げる

目次

表紙イラスト　渋谷　倫子

アズミ族の国々
瀬戸内海
イゴ国
玄界灘
イタ国
マツロ国
ナ国
トス国
ヤマダ国
カナサキ国
ヒタ国
海岸線は弥生時代のものを推定

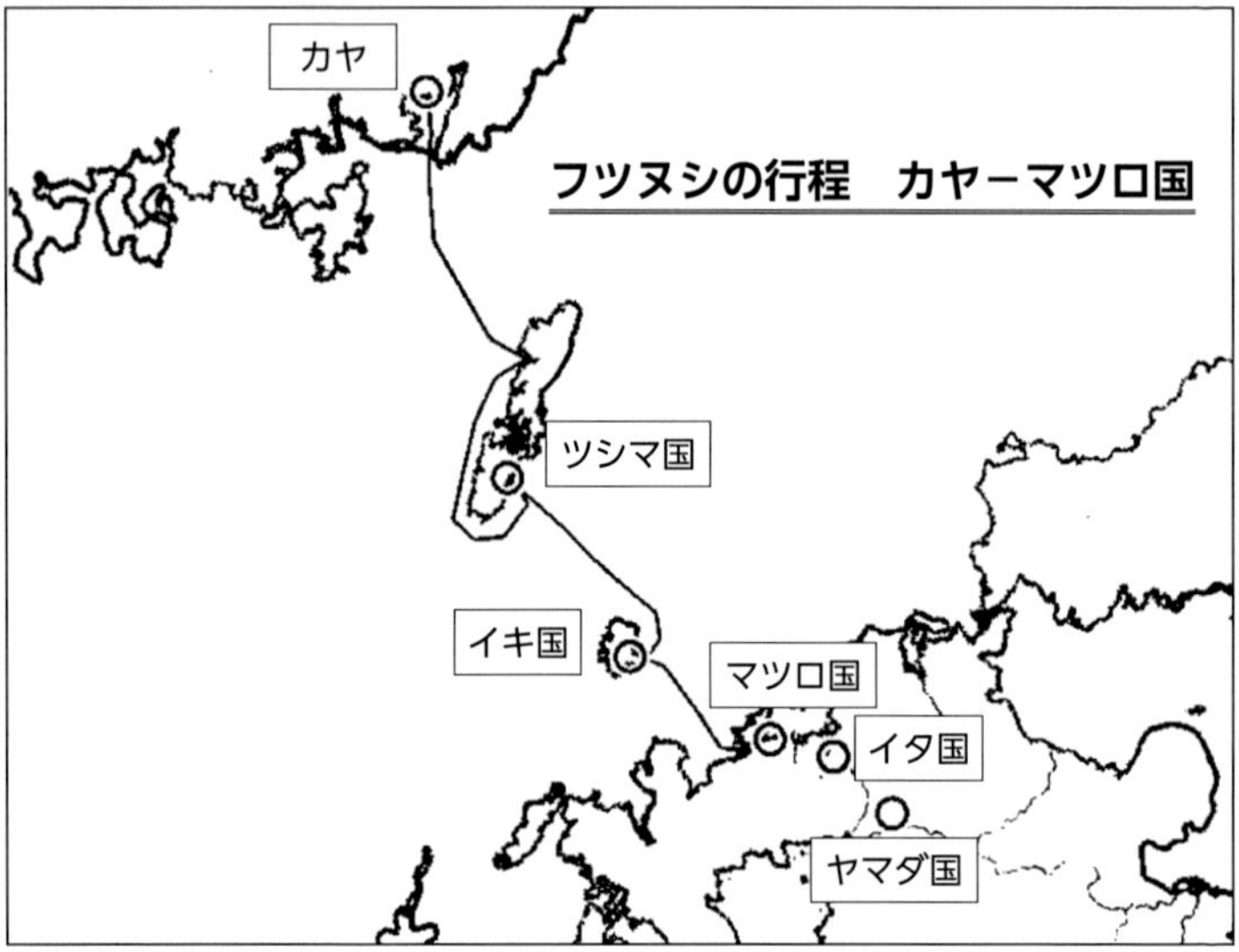
カヤ
フツヌシの行程　カヤ－マツロ国
ツシマ国
イキ国
マツロ国
イタ国
ヤマダ国

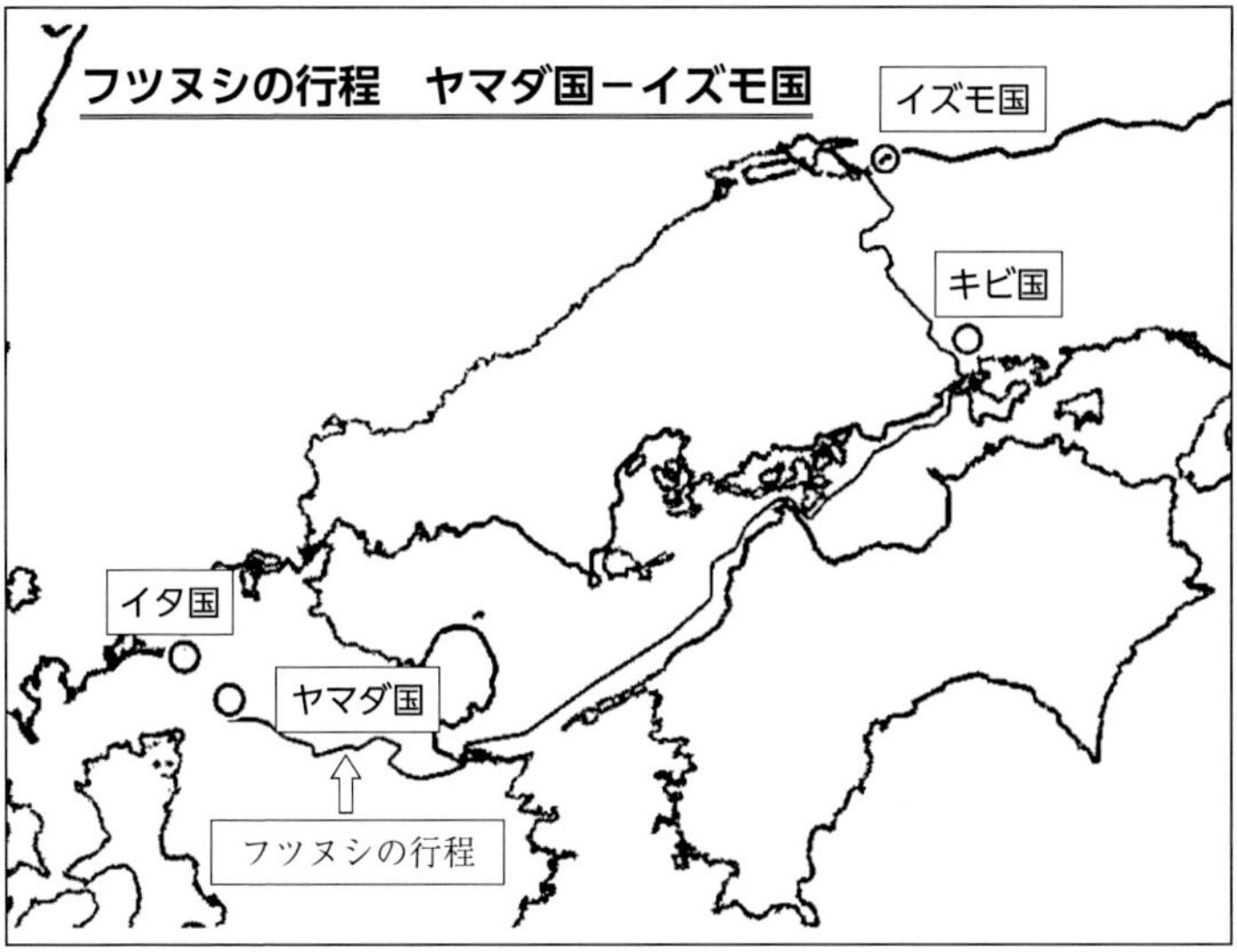
フツヌシの行程　ヤマダ国－イズモ国
イズモ国
キビ国
イタ国
ヤマダ国
フツヌシの行程

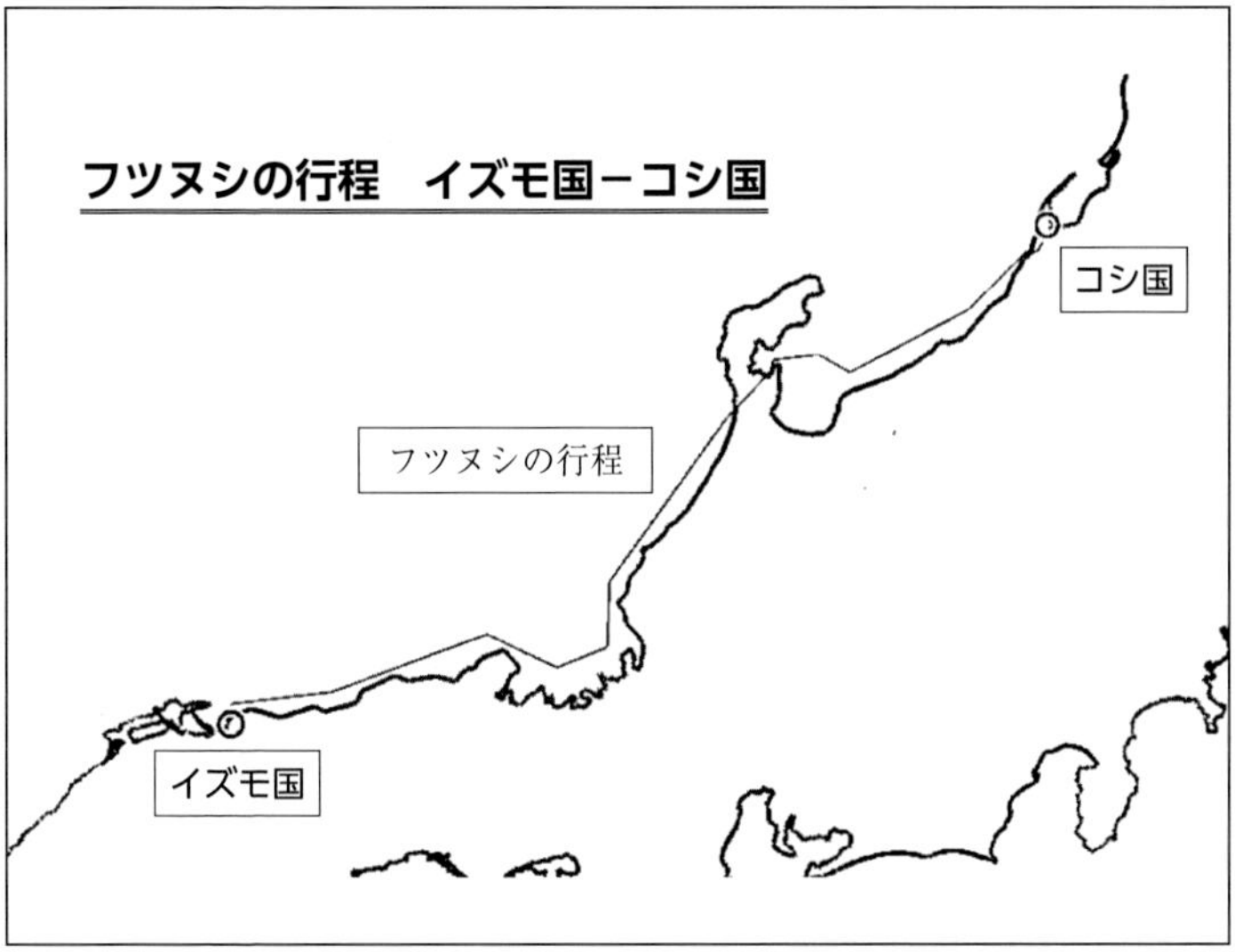
フツヌシの行程　イズモ国－コシ国
コシ国
フツヌシの行程
イズモ国

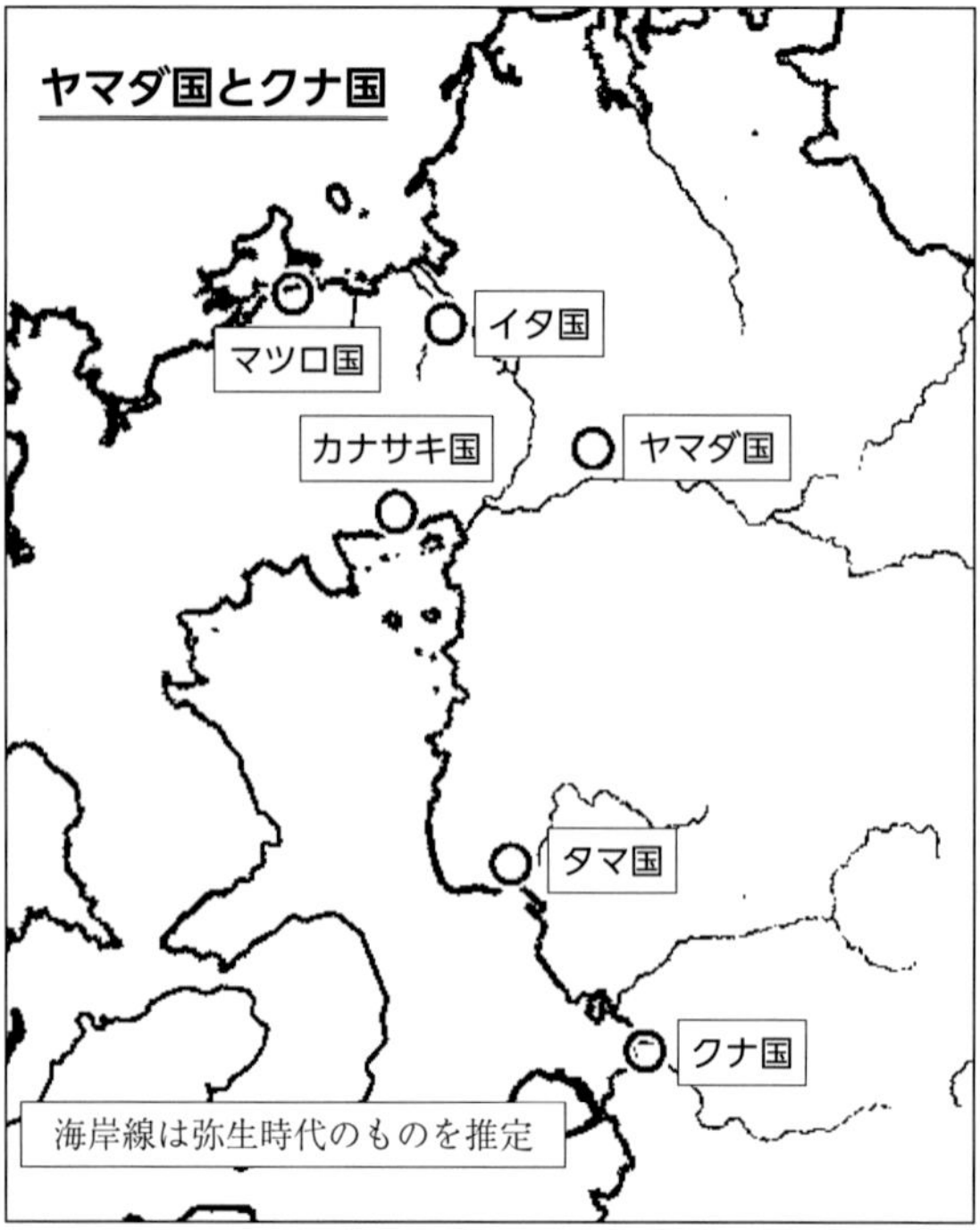
ヤマダ国とクナ国
マツロ国
イタ国
カナサキ国
ヤマダ国
タマ国
クナ国
海岸線は弥生時代のものを推定

登場人物

フツヌシ…………イタ国水軍の統領。
ナズナ……………フツヌシ水軍の兵士になった少女。のちタケミカズチとなる。
タカネ……………フツヌシ水軍の隊長。
イクメ……………フツヌシ水軍の隊長。
ハヤヒ……………フツヌシ水軍の隊長。
ハコベ、アカザ、ワラビ　…フツヌシの部下の三人の女兵士。
アザミ……………ナズナとともにフツヌシに拾われた女奴婢。

イタツヒコ………イタ国王。
クラヒコ…………イタ国王子。のちイタ国王。
カネヒコ…………カナサキ国王。

ヒミコ……………ヤマダ国女王。
ナシメ……………ヒミコの補佐役。
トシゴリ…………ヒミコの補佐役。
タマモ……………ヒミコの妹。
トヨ………………タマモの娘。

オオクニヌシ……イズモ国王にして中つ国の支配者。
ミナカタ…………オオクニヌシの次男。
ヌナカワヒメ……コシ国の女王。
アケビ……………オオクニヌシの側女。

プロローグ

紀元二四七年、三月二十四日、十八時二十七分、日没。北部九州で皆既日食が観察された。太陽は真っ黒な姿で地平線に沈んでいった。

翌紀元二四八年、九月五日、五時五十七分、夜明け。再び北部九州で皆既日食が観察された。今度は東の地平から真っ黒な太陽がコロナをまとって昇ってきた。

第1章　少女ナズナ

紀元二三三年夏の終わり、韓半島の南端にあったカヤ（伽耶、現在のキメ付近）の市場。その喧噪は突然の悲鳴に引き裂かれた。市場の居酒屋で、一人の男が傍の奴婢に斬りつけたのだ。その猪首でずんぐりとした男は昼間から酒に酔っていた。酌をしていた奴婢の女に些細なことで腹を立て、剣を抜いたのだ。斬りつけられた奴婢は手負いとなりながらも這うように表に逃げだした。男は追いかけてきて剣を振り上げ、なおも斬りつけようとした。その時、他の男たちに酌をしていた少年が店から飛び出し、目にもとまらぬ速さで男の背中に飛びつくと、男の髷を思いきり引っ張った。酔っていた男は仰向けにひっくり返り、無様に尻餅をついた。店の中では男の仲間がどっと笑った。少年は斬られた女をかばうようにしゃがみこみ男を睨みつけている。男はよろけながら立ち上がり、少年に剣を向けた。

「おのれは奴婢の分際でご主人様に逆らうちゅうんか！　そんなことをしたらどういうことになるんか分かっちょるんじゃろな！」

そう言うと、ずんぐり男は振り上げた剣を、少年目がけて振り下ろした。その時、キンと鋭い音がしてもう一本の剣がその剣を弾き飛ばした。一人の男が剣を引っさげて立ちはだかった。長身で、赤銅色に光る厚い胸板がいかにも海の男らしい。漆黒の長い髪を無造作に束ね、翡翠の耳飾りが揺れている。鼻筋がとおり、切れ長の眼が黒曜石のように黒い。酔った男は剣をはじかれた屈辱でさらに怒りが増したのか、その男に殴りかかった。しかし、黒髪の男はずんぐり男の腕を事も無げに逆手にねじりあげ、居酒屋の仲間の方に放り投げた。ずんぐり男は居酒屋の土間に叩き付けられ、立ち上がれない。すると、居酒屋の奥からもうひとりの男が立ちあがった。くしゃくしゃの髪をみずらに結い、眼光鋭く身の丈二メートルもある髭面の大男だ。男は赤ら顔をゆがめて黒髪の男を睨みつけた。折から一陣の風が埃を舞い上げて吹き抜けた。

「何やつだ。何ゆえ、わしらの座興の邪魔をする。わしがイズモのミナカタだと知ってのことか！」

黒髪の男は新たに現れた男の顔を見て、わざと驚いたふりを見せ、剣を収めながら言った。

「おお、これはイズモのミナカタ将軍の一党であったか。お楽しみの邪魔ばして申し訳なかったのう。しかし、いくら奴婢といえども往来で殺生沙汰はあるまじきこと。

まわりの者も迷惑しておるぞ」

「おぬしは何奴じゃ」

髭面の大男は黒髪の男をにらみつけた。

「おれはアズミのフツヌシという」

その男は不遜な態度で答えた。

「おぬしがあのフツヌシか。それでこんなところにしゃしゃり出てきたわけか。しかし、自分の奴婢が言うことを聞かぬなら成敗するのは当たり前のこと。おぬしが口を出すことではないわ」

「しかしな、人の命、そう粗末に扱うものではなかか。もしその奴婢が主人の言うことば聞かぬなら二人ともおれが買い取ってやってもよかぞ」

「買い取る？　高いぞ。いくら出す？」

「これでどげんじゃ」

フツヌシは懐から布の袋を取り出してミナカタに投げ渡した。ミナカタは袋の中を見てすぐにほくそ笑んだ。

「ほう、さすがアズミのフツヌシだな。気前の良いことだ。これだけの朱があれば奴婢が十人は買えるぞ。よし、その奴婢はお前に売った。これは思わぬところでよい商売ができたわ」

袋を懐に入れるとミナカタはくるりと踵を返した。

「皆の者、帰るぞ」

そう言って配下の者たちに合図をすると風の中を港の方に去っていった。

フツヌシは傷ついた奴婢を抱きかかえ、肩から背中にかけて斬られた傷口を見てやると、後ろに控えていた配下の男を呼んだ。

「おい、タカネ。この女の手当ばしてやれ。傷はそう深うはなか。命には別条なかろう。今は気ば失うとるだけたい」

タカネと呼ばれた男は近づいて傷口を調べると「よしっ」と言って女を担ぎ上げ、市場の片隅の自分たちの店に向かった。残された少年にフツヌシは声をかけた。

「おい、お前は今日からおれの奴婢ぞ」

少年は大きく見開いた黒い眼で頷いた。

黒髪の男は水軍の統領であった。当時、日本列島の西部や韓半島の港には水軍が多数存在し、対馬海峡から日本近海を行き来し、交易を業としていた。交易と言っても当時はまだ貨幣が無く、物々交換の時代。通常はお互いが等価と見なす品を交換するが、相手が弱いと見ると渡すべきものを渡さない。つまりやらずぶったくりで、こちらが欲しい物を奪い取る。この、時と場合で海賊ともなる武装した商人集団が水軍である。

あまたの水軍の統領の中で、フツヌシは最も有力な商人の一人であると同時に、最も腕の立つ統領として知られていた。幼いころから各地の統領について商売を学び、青年となって独立し、今は福岡県糸島市付近にあったマツロ国を本拠地として活動していた。活動範囲は、北は対馬海峡を渡り、東は瀬戸内海に及んだ。今回は波の穏やかな夏の時期を見計らって韓半島南部のカヤに商売をしに来たのだった。フツヌシには腹心の部下が三人いて、それぞれ名をタカネ、イクメ、ハヤヒといった。店ではハヤヒ、イクメの二人が並んだ商品の前でフツヌシの噂をしていた。

「統領の物好きがまた始まったの。奴婢の一人や二人殺されてもほっとけばよかものを」

「まあな。それがほっとけんところがうちの統領よ。水軍の統領のくせに人が殺されるんが嫌いちゅうんだからの」

「そのくせ、いざ敵となったら容赦はせん。戦いの鬼んなってみんな切り殺してしまうからの。そこん所がよく分からんねえ」

「また統領の陰口ばたたいておるか。その暇があったら売り物の整理でもしろ」

タカネが後ろから怒って見せた。

「いえいえ、陰口なんか、言っちょらんよ。なあ」

「ああ」

と言っているところへフツヌシが少年の奴婢を連れて帰ってきた。

「おい、奴婢ば二人買うてきたばい。まあ、一人はすぐには使えんが、一人は生きがよさそうじゃ」

後ろを振り返り顎で少年を指した。その時突然、後ろに立っていた少年が言った。

「統領、おれを子分にしてくれ。なんでもする。おれ、兵士になりたい！」

フツヌシは笑いながら少年の頭をポンポンとたたいた。

「まあ焦るな。今のように体が小さかうちはだめじゃ。兵士は特別の体力がなからんと」

タカネが店の奥からフツヌシに大声で言った。

「統領、人助けもほどほどに願いますばい。他の国の水軍に一人でいちゃもん付けて、怪我でもしたらどげんするとです」

「ほお、おれのことば心配してくれるのか？　それにしては誰も助けに来んかったではなかか」

するとハヤヒがとぼけて言った。

「いや、まあ、統領なら一人であれぐらいの連中は始末しちまうじゃろうと思ったとですばい」

「ほら、やっぱりおれの心配などしてはおらんのだ」

フツヌシは大声で笑い出した。ハヤヒはペロッと舌を出した。タカネが笑っているフツヌシに言った。

「また法外な値段で奴婢を買いましたな。朱は安かもんじゃなかですぞ。と言っても聞く訳なかか。え？　そのガキと怪我した女が朱一袋ですか。よほど働いてもらわにゃ合いませんな」

「まあ、そう言うな。このガキはよか眼ばしておる。仕込めばきっとよか水軍になる」

「はいはい、統領がそうおっしゃるなら間違いありませんでしょう。おい、お前、これからはフツヌシ様を統領と仰いでしっかり働くんだぞ。ところで名は何ていう?」

「ナズナ!」

「ナズナ?　お前、女か?」

タカネが驚いて少年の着物をまくった。少年はあわてて裾を下したが、真っ赤な顔をしている。タカネは大声で笑い出した。

「統領、こんなちび女は水軍には使えんでしょう。こりゃ高か買い物だったわ」

フツヌシも驚いてまたナズナの裾をまくった。ナズナは嫌がったが無駄だった。そして二人は転げまわるように大笑いをした。

「統領もこんな間違いするんですね」

「いやあ、おれもまさか女とは思わんかった。こげん汚かガキが女とはな。仕方なか。飯炊きでも教えて奴婢として売るしかあるまい。とんだ大損だった」

フツヌシたちは肩をたたき合って笑った。ナズナは自分が女だと知られて、しかも飯炊きの奴婢にされると聞いて憮然としていたが男たちはまだ笑い転げていた。

翌日、水軍はカヤを出港し対馬に向かった。フツヌシは二隻の船を持つ。タカネ、イクメが二隻の隊長だ。各船には兵士が三十人ほど乗っている。総勢六十人ほどの船団である。兵士の大半は男だが女兵士も三人いた。女兵士は皆たくましく、男と渡り合っても引けを取らない強者ばかりだ。

フツヌシたちが商うのは主に日本列島で産出する絹織物、真綿、真珠などである。水銀朱も貴重な商品であった。水銀朱は水銀の鉱石である。真っ赤な鉱物で強い殺菌作用があるので韓半島の王侯貴族が薬として競って買い求めた。

その代りにカヤで買い求める商品の第一は鉄の地金で、カヤの近くで取れる磁鉄鉱を鋳造し厚い鉄板にしたものだ。地金は焼きを入れて剣などの武器に加工したり、一部は木の鍬の先に装着する。鍬先という。鉄はこの時代カヤの地でしか生産できなかったので、近隣の商人たちは皆、カヤで鉄を買い求めた。鉄は貨幣のように使われていると魏志倭人伝にも記されている。商売は今回も大方うまくゆき、仕入れた大量の地金を持って次の商売の地であるツシマ国に向かうのだ。

ジャーン　ジャーン

晩夏の朝鮮海峡。鋭い銅鑼の音が風と波の音をかき消して大海原に響き渡る。波は大きくうねり、高々とせり上がっては一気に落ちる。二隻の船は一直線に大波を切り裂いて南へ向かっていく。風が巻き起こす波しぶきと櫂が巻き上げるしぶきで兵士は皆ずぶ濡れだ。ひたすらに櫂を漕ぎ続ける兵士たちの肩の筋肉が盛り上がり震える。この状態が既に三時間は続いている。

船は全長二十メートルほど。巨木を刳り抜き、船首と船尾に波切り板を高く張り出し、舷側には波よけ板を張った外洋船だ。船の後方には小さな帆が強風をはらんで張りつめている。

船尾には、隊長と銅鑼手と舵取りが横並びに座っている。銅鑼手はジャーン、ジャーンと銅鑼を叩き、兵士たちはそのリズムに合わせ櫂を漕ぐ。隊長は張り切った帆綱を力いっぱい引いて船尾の杭に結わえ帆の向きを調整する。舵取りは大波に負けじと両手で舷側に結わえてある舵をつかむ。

先を行くタカネの船には統領のフツヌシが乗っている。黒曜石のような切れ長の眼はこれから向かう対馬の島影を見つめている。

「おーい、そろそろ潮が東に流るる頃ばい。潮の流れに乗るぞ！　皆、はまれよ！」

フツヌシは立ち上がって二隻の兵士たちに大声で叫んだ。

対馬海峡には、通常南西から北東に向かう速い潮の流れがあり、船で南下するのは困難だ。しかし小潮から大潮に移行する数日間、しかも干潮から満潮に向かう数時間だけ、朝鮮海峡に西から東に向かう潮流が発生する。月に二度だけ発生するこの潮流に乗らないとカヤから対馬島にはたどり着けない。

「おい、腰ば入れて漕がんか。夕方までに対馬に着けんぞ！」

夕カネの叱咤の声が飛ぶ。兵士たちは必死に櫂を漕ぐ。カヤから対馬島までの距離は約五十キロだ。通常対馬海峡を漕ぎ渡るのに要するのは八時間くらいである。それも潮流が東向きに流れるこの時期だからできる。小さな帆は大して頼りにはならなかった。今日も波が穏やかとは言えなかったが、この時期を逃すことはできないので水軍は荒海に漕ぎだした。

二隻目の船、イクメの船に、ナズナとカヤで救われた女奴婢が一緒に乗せられている。包帯姿も痛々しい女奴婢は名をアザミといった。彼女たちには初めての外洋航海だ。しかも波の荒い対馬海峡を行く船は揺れた。ナズナとアザミは船底に這いつくばるようにして吐き気をこらえていた。さんざん吐いてしまったので、もう胃の中には何も残っていなかったが、それでも吐き気が治まることはなかった。ナズナたちの後ろには屈強な水軍の兵士が三十人、交代で懸命に櫂をこいでいる。漕ぎ手の音頭を取るための銅鑼の音が空腹にこたえた。

「兄い。いつになったら着くんだい？」

ナズナは振り返り、懸命に櫂をこいでいる兵士に声をかけた。

「なんや、このアマっこが。おめえに『兄い』呼ばわりされる覚えはなか。おとなしうしとれ！」

兵士は荒々しい口調で吐き捨てた。ナズナにかまっている余裕などないのだ。もう一人の休憩中の兵士が少しやさしく言って聞かせた。

「夕方には着くさ。おとなしうしとりなよ。そうでなくとも船ば漕いどる時にゃ皆、機嫌の悪かとさ」

ナズナは黙ってうつむいた。

カヤを出港してから八時間後、船は対馬島の西岸の入り江に着いた。フツヌシは立ち上がり、イクメの船について来るよう手招きをした。

「よーし、今日はこの入り江に泊まるぞ。入り江の奥の浜に船ば上げて野営の用意ばせい！」

ツシマ国は島の東岸、現在の厳原にあったので、この入り江からはまだ海岸沿いに二時間ほど船を漕ぐ必要がある。しかし今日は波も荒く、兵士たちの疲労も限界と見てフツヌシはこの入り江で一晩明かすことにしたのだ。兵士たちは上陸すると手分けして薪を拾い、焚火の用意を始めた。船に積んだ煮炊き用の壺を下ろし、島の奥の小川から水を汲んできて、焚火で湯を沸かす。忙しく立ち働く兵士たちの黒い影の向こう、対馬島の西の水平線にようやく太陽が沈みかけ、鮮やかな夕焼けが広がった。

食事が終わると夕闇が訪れ、星が夜空を飾る時となった。夜になって風が治まり、空はよく晴れて満天の星空だ。フツヌシたちは砂の上に寝転がって三々五々眠りについた。昼間、海を漕ぎ渡ってきた兵士たちは疲労からすぐ深い眠りに落ちた。

真夜中、浜辺の葦の陰から黒い人影が一つ現れた。足音をしのばせてフツヌシたちの船に近づいて行く。そして船に積んであった食糧袋を一つ担ぐと、そのまま密かに葦の中に逃げ込もうとした。その時、袋を担いだ影に向かって何かが猛烈な勢いで突進した。そして獣のように素早くその背中に飛びつくと懐から何かを取りだし、その首に突き立てざま背中から飛び降りた。

「ぐえっ」

影は食糧袋を投げ出してひっくり返り、それきり動かなかった。物音で目を覚ましたフツヌシとタカネはじめ数人の兵士が起き上がった。しかし何が起きたのか理解できないほど、瞬時の出来事だった。フツヌシとタカネが立ち上がり松明をかざして近づいてみると、このあたりの山賊の一味と思われる男が首から血を流して死んでいた。白目をむいた男の傍らにナズナがしゃがんで男を睨んでいる。ナズナの手には小さな水晶の剣が握られていた。

「ナズナか」

フツヌシが驚いて声をかけた。タカネが盗人の顔を覗き込んだ。

「こやつはこのあたりの山賊でしょうかの。他に仲間はおらんようですけん、わしらの食糧ば狙うて一人で来たとでしょう」

「ナズナ、ようやった。危うく大事な食糧ば奪われるところだった。大手柄ぞ」

フツヌシはナズナの頭を撫でた。ナズナは嬉しそうにフツヌシを見上げた。

「なあ、統領。おれを水軍に入れてくれ」

「うむ、しかし、お前のような小さかアマではな」

「そう言わずに。おれきっと役に立って見せるから」

そう言ってナズナは黒い大きな瞳を輝かせた。初めて笑顔になったナズナだった。

「まあ、しばらくおれに付いて来るか。お前が役に立つとわかったらその時考えてやる」

そう言ってフツヌシはナズナのあたまをポンポンとたたいた。

翌日の午後、二隻の船は入り江を出てツシマ国に向かった。海岸沿いに二時間の航海だ。タカネがフツヌシに話しかけた。

「統領、昨夜のナズナの早業にはたまがり（驚き）ましたな。大の男ば一瞬で倒すとは。あの早業は飯炊きにしとくのはもったいなかかもしれまっせんな」

「確かにあの早業はただの奴婢にしとくには惜しかな。大体カヤでもミナカタ水軍の男をひっくり返したアマだ。確かにあのすばしこさはただものではなか」

「そうですな。まあ、兵士は無理でも斥候ぐらいには使えるかもしれんです。鍛えてみる価値はあるとではなかですか」

「そげんかもな。そんならタカネ、お前に任せるけん、ナズナば兵士として使えるように仕込んでみるか」

「わかりました。わしが一人前にしてやりまっしょう」

対馬島周辺の海は昨日より波が穏やかになって、漕ぎ手の兵士たちは楽になってい
た。しかし船はやはり揺れていた。ナズナとアザミが今日も吐くものを吐いてしまっ
て船底に這いつくばっていた。船酔いをこらえているナズナの背中に櫂をこいでいる
兵士が話しかけてきた。兵士は昨日とは打って変わって笑顔だ。
「おめえ、昨夜は大手柄だったてな。盗人ば刺し殺したて聞いたぞ。おれは寝とって
見られんかったばってん、見とった奴らの話では、あっという間の出来事だったて言
うじゃなかか」
　隣で櫂を漕いでいたもう一人の兵士も振り返り笑顔で言った。
「おうよ。そいつらの話じゃ、何が起きたとか分からんうちに盗人がぶっ倒れとった
てな。おめえ大した腕だな」
　ナズナは下を向いて黙っている。船酔いのせいもあるが、人を殺したことを、皆が
面白おかしく話の種にするのは嫌だった。
「まあ、ただのアマっことと思うとったが、おめえも大した玉ばい。昨日『兄い』て呼ぶ
なて言うて悪かったな。これからもよろしくたのむばい」
　ナズナの気持ちに関わりなく、兵士たちは戦闘能力のある仲間には敬意を払う。昨

日まではただの小娘の奴婢でしかなかったが、昨夜の事件でナズナは兵士たちに仲間と認められたのだ。

夕暮れ前に船団はツシマ国の港に着いた。船から降りるとタカネは兵士たちに言った。

「よかか、統領とわしはツシマ国王に挨拶に行ってくる。その間に夕飯ば食うとけ。それと今配ったトビウオ五匹はお前たちが女ば買いに行く時の小遣いたい。そればやるけん奴婢ば手籠めにしようなどと思うなよ。もし見つけたらただじゃおかんけんな。もっとも、下手に手ば出すと昨夜の盗人のごとなるかも知れんがな」

兵士たちは一斉に笑った。ナズナは膨れ面をして後ろを向いた。しかし、今夜のナズナの夕飯には兵士たちと同じ干し米がついていた。

フツヌシとタカネはツシマ国の城門をくぐり、その先にある国王の宮殿に向かった。水軍の統領は港に着くとなにがしかの手土産を持ってその港を仕切っている国王に挨拶に行くのがしきたりだ。国王の許可がなければ市場での商売はできない。

ツシマ国王への挨拶を済ませ、夕闇が迫った野営地にフツヌシたちが帰ってきた。三人の女兵士と二人の奴婢を残して男の兵士は皆出払っていた。

「おお、皆行きよったか。統領、わしらもちょっと行きまっしょか」

タカネがにやにやしながらフツヌシを誘った。フツヌシも嫌なはずはなかった。丸顔の女兵士、ハコベが呼びかけた。

「統領、たまにはあたいたちがお相手をしてあげようか」

他の女兵士たちもケラケラと笑った。

「おう、そん時は頼むわ」

そう言って笑うとフツヌシたちは肩をたたき合いながらその場を後にした。行く先はツシマ国の城柵の外にある数軒の小屋だ。そこには女と酒が待っている。

小屋に入るとすでに配下の兵士たちが女を相手に獣のような声を上げていた。兵士たちは店の自家製のナマコの干物、するめなどを肴にどぶろくを飲んで、既にかなり酔っていた。女たちは兵士たちにまとわりついている。フツヌシとタカネは奥の部屋に入り腰を下ろした。しばらくして女が二人、酒と肴を運んできた。一人はイカの生干しと、アジの焼きものを載せた高坏を前に並べ、もう一人は酒を入れた甕を持って、フツヌシたちに杯を勧めた。

「どうぞ、フツヌシ様。お久しぶりでした。そろそろお帰りになるころだと思っていました」

酒甕を持った娼婦が妖し気な笑みを浮かべフツヌシに寄りかかってきた。タカネは酒を見て、いつもとは別人のように陽気だ。寄り添っている色黒の女の尻を抱いて目じりが下がっていた。フツヌシとタカネは杯を上げて乾杯をし、一気に酒を飲み干した。

「おう、うまいの。お前と飲む酒が一番うまかばい」

タカネは女の尻を叩いて機嫌を取る。

突然、先ほどの部屋にいた兵士のヒグマが足元もおぼつかない様子で飛び込んできた。

「タカネ隊長！　ご機嫌麗しく！　おれの酒も飲んでください」

ヒグマは胡坐をかくと、持ってきた酒の甕をタカネの前に突き出した。タカネは笑って杯を受けた。

「どうした。あっちの部屋で遊んどったんではなかか。女に振られたか」

「あれ！　なんで分かるとです？　この店の女はけしからんです。このヒグマ様とは寝んと言いよる！」

「おう、それは怪しからんことだな。してどげんしたわけだ」

「おれが汚かちゅうんです。水軍の兵士ば捕まえて汚かちゅうとですぞ。水軍の兵士にきれいなやつなんかおるもんですか。それなのにおれに汚かちゅうんです」

確かにヒグマは兵士の中でも風采は上がらない男だが、水軍の兵士で身なりが清潔な者などいるわけはない。嫌われたのはもっと別な理由があるに違いない。

そこへヒグマの同僚のカワウソが入ってきた。

「なんだ、ヒグマ。こげんところにおったんか。御統領の邪魔ばしてはならんじゃろうが」

カワウソはヒグマを引っ張って帰ろうとしたが、ヒグマは言うことを聞かない。

「カワウソ、ヒグマは汚かといわれて女に振られたといっとるがどげんしたとや。この店の女が客のえり好みばするとも思えんが」

タカネが聞いた。

「へ、そげんこつば言いよるとですか。まあ、女に嫌われたんはほんとですが、理由はそげんこつじゃありません。こいつがやたら女の股ぐらに手ば突っ込もうとするんで女が逃げ出したとです」

「だって、おめえ、おれたちゃ、もう十日も女に触っとらんとぞ。おれはもう破裂するばい。ツシマに来たら思い切り女ば抱けると思って楽しみにして来たんじゃねえかよ。お前だってそげんだろ」

　ヒグマはカワウソに食って掛かった。

「そりゃな。おれだって破裂しそうよ。男ちゅうはそげんもんだ。ねえ、タカネ隊長。けどよ。お前みたいに女の股ぐらばっかり一直線に攻め込もうとすりゃ、女もしらけるちゅうもんだ。もう少し、やさしくしてやらにゃいかんのよ。おれが女の扱い方ば教えちゃるから。さあ、行くぞ」

　そう言ってカワウソはヒグマを抱えて自分たちの部屋に戻った。

「そうよな。十日も女に触れなきゃ、破裂しそうになる。それが男の悲しいところよ。と言って破裂しそうだからって女が同情してくれるわけでもなかしな」

　そう言ってタカネはまた杯を飲み干した。色黒の女がタカネににじり寄って杯に酒を注いだ。

「あらあら、男はかわいそうだねえ。あたしは同情するよ。そのおかげであたし等の商売が成り立っているわけだし」

「何言いよるか。この苦しさは女には分かるまいよ。ねえ、統領」

「そうだな、女が欲しくてどげんしようもなか時のあの惨めな気持ちは男にしか分からんだろうな。自分が自分でなくなるような気がするからな」

「だから私たちがねんごろに慰めてあげようってわけさね。ねえ、フツヌシ様。あたしにも一杯おくれよ」

もうひとりの娼婦がフツヌシの前に杯を差し出した。


一方、フツヌシたちが出かけた後、野営地で三人の女兵士、ハコベ、ワラビ、アカザとナズナ、アザミが焚火を囲んでいた。ナズナは隣にいるアザミをつかまえて不満そうに言った。

「なんで男どもは女を買いに行く時あんなに嬉しそうなんだろ。いつもはあんな顔見せたことがないくせに」

ナズナより二つ年上のアザミが鼻にしわを寄せた。

「ナズナは子供だから分からんじゃろうが、男というものはそのために生まれてきたみたいなもんなんだよ。商売も戦いも、皆、最後は女を手に入れるためにやっているのさ。男なんて、女なら誰だっていいんだから」

「女なら誰でもいいのか」

　ナズナが呆れたようにつぶやく。

「ああ、男はやりたくなったら矢も楯もたまらなくなるのさ。相手なんて選んでいられないんだよ。だからすぐ近くにいる女を襲うのさ。ナズナも女なら覚悟はしておくんだね。まあ、誰か強い男でも見つけてしっかり取り入れば、いろんな男に弄ばれずにすむかもしれないけどさ」

「男に取り入って守ってもらうなんて身の毛がよだつよ」

　ナズナが吐き捨てた。

「まあ、好きな男に可愛がられれば気持ちがいい時もあるがね。だけど、男はすぐに飽きて他の女を追い回すからね」

　アザミがしたり顔で男女の仲を講釈すると、傍で話を聞いていたハコベが話をさえぎった。ハコベは大柄で顔も大きく丸い。細く鋭い眼が水軍の兵士らしい。大きな手で縮れた髪を束ねた頭を掻きながら言った。

「ふん、男に可愛がられたいなんて思わぬがよか。大体あたいたちみたいな器量の悪か女は可愛がられることもなかけどさ」

そう言いながらハコベはアザミの顔を見た。気迫に負けたアザミもうんと言って膝を抱いた。

「それなら初めから男に近よらなければいい」

ナズナは強く言い切った。すると、黙って酒を飲んでいたワラビが口をぐいと横に結んで言った。

「そうさ、男なんかに弄ばれないためにはな。じゃけど、そうも行かんこともいっぱいあるとじゃ」

「なんで難しい。男に近づかなければいい」

ナズナが悔しそうな顔をした。

「お前はまだ小さかけん分からんじゃろうが、大人になると男が恋しくてしょんなか時もあるのさ」

ワラビが投げやりな態度で答えると、ハコベも諦め顔で言った。

「ほんにねえ。それさえなけりゃ男のおらん所に行って暮らすとにねえ」

ナズナはハコベたちの言い分が気に入らなかった。その時アカザが小枝を両手でぽきっと折って焚火の中に放り込んだ。そして言った。

「強うなることさ！　強うなって、男に頼らずに生きて行けるようになることさ。そうすれば男の言いなりにならんですむ」

それを聞いてワラビがナズナの眼を見ながら強い調子で言った。

「そうだね、あたいたちは男に可愛がられるような器量じゃなかったけど、たまたま腕っぷしは強かったけんね。こうして水軍の兵士になれてさ。男に馬鹿にもされずにやって行けるのさ。お前も男に負けんほどに強うなればよか」

ナズナはその言葉を聞いて頷いた。

「うん、おれ強くなる。男よりもずっと強くなる。そしておれを弄ぼうとする男がいたら、必ず息の根を止めてやる」

「はは、お前ならできるかもね。見ものだね」

アカザは笑った。皆も笑った。そのとき誰にも聞こえぬ小さな声でナズナは呟いた。

「あの時のように……」

フツヌシたちは、本拠地であるマツロ国（末盧国、現福岡県糸島市）の港に帰ってきた。季節は秋の収穫が終わるころとなっていた。

弥生時代、韓半島などから戦火を逃れ渡来してきた人々がつくった国々が北部九州に点在していた。アズミ族（安曇族）と名乗るそれらの国の中で最も強大になったのはイタ国（伊都国、福岡県春日市）でフツヌシの時代には大規模な都市国家に発展していた。紀元一世紀、イタ国王は後漢に朝貢し「漢委奴国王」（かんいなこくおう）の印綬を与えられたと後漢書が記す。東アジア最大の国、後漢に倭人の王と認められ、イタ国王の権威はアズミ族諸国ではゆるぎないものになった。

イタ国王はあまたの水軍の中で特に強力な水軍を傭兵として利用し、その統領たちをイタ国の将軍に任命した。その見返りとして、イタ国王だけが持っていた鉄取引の利権をそれらの水軍に与えた。水軍を離反させないためだ。フツヌシもイタ国軍の将軍に任命された一人であった。強力な水軍のもたらす富はイタ国を栄えさせ、その武力は周辺の国々を従える力となった。

フツヌシたち水軍は北部九州で最も安全な港を本拠地としていた。それが糸島にあったマツロ国である。現在の糸島は半島であるが、弥生時代には、唐津湾側の入り口から奥に向かって深い入り江があった。この入り江は嵐の時にも大波が立たず、大きな船を停泊しておくにはもってこいであった。その港にできた城柵を持った国がマツロである。イタ国は内陸にあり、その港は御笠川という川であった。御笠川は大きな川ではなかったので、大きな船を操るフツヌシたち水軍には手狭だった。そこでフツヌシたちは海に面した大きな港であったマツロ国を基地にしていた。

二隻の船がマツロの港に陸揚げされるとイタ国の監察官大卒がやってきた。

「おお、大卒様、ご苦労様に存じます。今回もカヤで鉄をたくさん仕入れてきました。どうぞ検めていただきたく存じます」

フツヌシはそう言って会釈をした。

大卒は今でいう入関管理官のようなものだ。マツロ国に入港する船の荷物を検閲し、密輸入などがないか取り締まるのだ。特に鉄の密輸は厳しく取り締まっていた。

フツヌシの言葉に大卒は笑いながら答えた。

「なに、フツヌシ統領、おぬしの船を調べる気などはない。まあ、これも大卒としての役目じゃからこうして出向いてきたが、おぬしが密輸などするはずもないじゃろうし、王様へ納める分はいつもきっちりと納めていると聞く。まあ、何か変わったことがなかったら良いのじゃ」

「変わったことといえるかどうか分らんですが、カヤでイズモの水軍に会いましたばい」

「イズモの水軍がカヤに来とったというのか?」

「はい、ミナカタと名乗っとりました。おれの記憶に違いなければオオクニヌシ王の息子だと思います」

「そんな奴らがカヤに行き来するようになったとすれば、これは用心せねばならぬな。鉄の取引はイタ国王だけの特権じゃ。だから王はお前たちイタ国の水軍だけにカヤの鉄の取引を許しておる。それ以外の鉄の取引は禁じられているが、あちこちで鉄の取引に手を出したがる奴がおる。面倒が起きなければいいがの」

そう言いながら大卒は城柵の方へ去っていった。


この港にはフツヌシたちの棲家がある。それは城柵の外、海岸に近い小川のそばに建てられた二軒の高床式の掘立小屋だ。上陸するとフツヌシたちは棲家に落ち着いた。留守番の老兵が柿の葉茶を四杯、木の椀に入れて持ってきた。

「統領お帰り。その二人は新入りの奴婢か? それにしても汚なかとば連れてきたなあ」

部屋の片隅に座っている二人の少女を見て老兵は皺だらけの顔をさらに皺くちゃに

して笑った。

「ああ、手伝いのアマが欲しいと言うとったろう。大きか方が手伝いのアマだ。アザミという名じゃ。小さか方はナズナと言うて兵士の見習いじゃ。これでもおなごだ」

ナズナが女だと聞いて老兵は驚いて目を見開いた。

「二人に新しか着物ば買うてやってくれ。それからナズナには下ばきと靴もな。あの恰好では、水軍の兵士として体裁の悪か」

そう言ってフツヌシは笑った。


翌日、フツヌシはカヤで仕入れた地金を丸木舟に積み、ハヤヒに竿を操らせて、イタ国に向け出発した。秋とはいえ、九州の日差しはまだ強く、川の水もぬるい。竿が長閑な水音を立て、小舟は川を上って行った。

イタ国に着いて最初に立ち寄ったのは船を作る工房だ。イタ国の川沿いには船大工の工房が数軒ある。フツヌシたち水軍は、ここの船大工に船を作らせたり、修理させたりする。フツヌシたちは一つの工房の船着き場に小舟を寄せた。そこには真新しい大型の船が一隻繋がれている。フツヌシが発注した船だ。棟梁が説明した。

「堅か楠ば使うて、その代り少し薄うした。全体に軽うなっとる。漕ぎやすかし、速かですばい」

繋がれている船は風に吹かれてかすかに揺れた。水面は船が揺れるにつれて波紋ができ太陽をキラキラと反射している。その時、フツヌシがハヤヒを振り返って言った。

「おい、ハヤヒ、この船の隊長はお前だ」

ハヤヒは驚いて振り返ったがフツヌシはそれ以上何も言わず笑っていた。

フツヌシは続いて鉄の地金から武器や農具を作る工房に寄った。ここはイタ国王が経営している。この時代、鉄の武器を作れる工房は日本列島でイタ国にだけあった。そのためイタ国に従っているアズミ族の水軍だけが鉄の武器を装備できた。日本列島の他の地域では、まだ石器や青銅器の武器を使っていたのである。フツヌシたちはこの工房に地金の半分を売り、新しい鉄戈、鉄鉾を十本買った。鉄戈は柄の長い鎌、鉄鉾は長い槍のような武器である。水軍が好んで用いた。

その翌日、イタ国王の高床式宮殿の三十段の階段を上って行くフツヌシの姿があった。階段の上の入り口には四人の衛兵が物々しく鉾を構えて立っている。フツヌシは一回かしわ手を打って宮殿の中に入った。中は三十畳ほどの広さの板の間だ。奥の一段高い位置に王のイタツヒコが大きな床几に座っている。その横には鉾を構えた衛兵が左右四人ずつ立ち、そばには数人の侍女が控えている。

王はフツヌシに気が付くと笑みを浮かべて手招きした。フツヌシは王の前に進み、どっかと腰を下ろし、四回かしわ手を打った。四回のかしわ手はこの時代の目上の者に対する最も丁寧な挨拶である。

「王様、ご無沙汰ばお詫びいたします。カヤで鉄の地金ば仕入れてきましたのでお納めに参りました」

そう言ってフツヌシが手を叩いた。地金の入った三つの袋を六人の奴婢が抱えて来て王の前に置いた。王に納める地金はいわば税金のようなものだ。

「おお、今回もまた山のごと地金ば仕入れてきたの。商売はうまくいっとるようだの」

「はい、おかげさまで商売は順調でございます。これも王様のご威光のおかげと感謝しとります。次の三日月のころにはアキに向けて出立したかと思うとりますけん、ご挨拶も兼ねての拝謁にございます」

フツヌシが深々と頭を下げて言った。

「おお、そげんだったか。帰ってきたばかりと聞いとったが、もう発つか。まあ、お前たち水軍がこの時期に食糧を瀬戸内からぶん取ってきてくれるからイタ国の民は飢えずにいられる。この間もカヤから船五隻もの人が渡って来たそうな。イタ国の民は増えるばかりじゃ。民が増えても田んぼや畑が増えるわけではなか。食料はいくらあってもよか。アキから山のごと食糧ば持ち帰ってくるとば楽しみにしとるばい」

「お任せください。瀬戸内の国々の武器はせいぜい銅剣や石斧ですけん、われらの鉄の武器の敵ではなかです。取引といっても相手はこっちの言う条件を飲まんとならんです。必ず王様のご期待に沿えますでしょう」

「そうじゃな。お前らアズミ水軍に立ち向かえる国などあるわけもなかろう。頼んだぞ。ところで、呼んだのは他でもなかとじゃ。こればやろうと思うてな。これは餞別じゃ。うちの工房で特別に作らせた業物じゃ」

そう言って王は傍らにいた侍女に短剣を渡した。侍女は恭しく短剣を捧げ持ちフツヌシの前に差し出した。フツヌシも恭しく短剣を戴き、礼を述べた。フツヌシは短剣の鞘をはらった。長さ二十センチほどの短剣だ。よく鍛えられているとみえ、細身の両刃は鋭く研ぎ澄まされ、燭台の明かりにきらりと光った。握りは鋳物にじかに錦の帯が巻いてあり、色とりどりの糸が美しく輝いていた。木を丁寧に削った鞘もまた色とりどりの錦の帯が巻かれ、両側には巴形の銅の飾り金具もついている。

「どうじゃ。美しかろ？　美しかばかりではなかぞ。鍛え上げてあるけん強うして鋭か。切れ味も抜群ばい。お前の日ごろの忠義に対するわしの気持ちじゃ」

「これは身に余る光栄。この上は王様のご期待に添うよう働いてまいりますれば、帰りば楽しみにお待ちくださりますよう」

そう言って深くお辞儀をするとフツヌシは短剣を帯に刺した。


二日後、フツヌシたちはマツロ国の港に帰ってきた。新しい船はすでに到着しており、船は三隻になっていた。その三隻目から人影がひとつ、ひらりと飛び上がった。トンボを切って砂地に降りると、右手に短剣を持ち、船の上を見上げて身構えている。短甲をつけた男が一人、大きな戈を振り下ろしながら船の上から襲いかかってきた。人影は振り下ろされた戈を避けながら再び飛び上がり、猿のようなすばしこさで男の背中に取りつき男の喉に短剣を当てた。戈を持った男は戈を取り落すと叫んだ。

「よーし、その呼吸ば忘るるな。戦いの間は決して一か所に止まるな。片時も止まらず動き続けろ。相手の武器よりも速く動くとが極意じゃ。止まった時はお前の死ぬ時ぞ」

見れば男はタカネ、背中に取りついている影はナズナだ。ナズナはタカネの背中でフツヌシたちの姿を見つけると、背中から飛び降り、フツヌシたちに向かって走りだした。その速いこと、野生のサルでもこんなに速くは走れないだろうと思われるほどだ。

「フツヌシ統領、お帰りなさい。アキへ行くんでしょ。準備はできてますよ」

ナズナはフツヌシの所まで駆けて来てそう言った。垢じみていた顔も髪も手足も、水浴びでもしたのかこざっぱりしている。新しく買ってもらった貫頭衣を着て下ばきと靴をはき、日に焼けた顔の大きな瞳が、奴婢だった頃とは別人のように生き生きとしている。

「おお、ナズナか。少しは兵士らしうなったな。しかしいつ見てもお前のすばしこさにはたまがるな。ナズナ、出発は次の三日月の日だ。みんなにも伝えておけ」

それを聞くとナズナは大きく頷いて今来た道をまた駆け戻っていった。

「おーい、フツヌシ様のお帰りだ！　出発は三日月の日だってよ！」

ナズナは、並んで浜に繋がれている三隻の船に向かって叫んだ。その声に船の中からいくつもの顔が飛び出し、フッヌシの方に嬉しそうに手を振ったり、砂浜に飛び降りたりしている。タカネがフツヌシに近寄ってきてかしわ手を打った。

「お帰りなさい、統領」

「おお、ナズナの訓練はうまくいっているようだの」

「いやあ、統領、あやつのすばしこさは並外れとりますばい。鍛えるどころか、油断しとればわしでもたちまち後ろば取られます。あれは結構役に立つ兵士になるかも知れまっせん」

「そげん素早かか」

「はい、さっきも目の前にいたかと思うとあっという間にわしの背中に取りついても う喉に剣ば当てよりました。あの素早さはわしでも本気でかからんと命の危なかですばい。どうもあの技は昨日今日覚えたもんじゃなかごたるです。小娘に見えますがただもんじゃなかです」

「そうか、ではアキに連れて行っても大丈夫か」

「はい、きっと役に立ちますばい」

その時、船の方からナズナがタカネを呼んだ。

「タカネ隊長！　みんなが荷物を積む指図をしてくれって！　早く来てください！」

「おお、今行く！」

そう言ってタカネはもう一度フツヌシにかしわ手を打って船の方に戻っていった。

第２章　戦士タケミカズチ

半月後、周防灘を一直線に東に進む船団がいた。先頭の船の艫にはフツヌシが仁王立ちになり波の音に負けぬ大声で叫んだ。

「もちっと速う漕がんか！　こう遅うてはアキに着く頃には年が明くるぞ！」

銅鑼手は銅鑼を打つリズムを早めた。三隻の船団は速度を上げた。うち一隻はできたばかりの新造船で、ハヤヒが隊長だ。新しく採用した兵士三十人も各船に分かれて今回の旅に加わっている。秋になり裸の兵士はもういない。皆、毛皮の帽子をかぶったり、粗末ながら木綿や麻の貫頭衣を着て、その上に短甲をつけている。それぞれ愛用の鉄鉾や鉄戈を脇に置き、矢を入れた矢筒と短弓を背に負っている。タカネの船にはナズナの他に女兵士が三人乗っていた。女兵士も男の兵士と同じように革製の短甲をつけ、男と同じような服装をしている。女とはいえ兵士としては全く男と同じ働きをする。当然櫂も漕ぐ。しかし、まだ体が小さいナズナは櫂漕ぎから外されていた。フツヌシの叱咤で速度を上げた船団は瀬戸内海を東に進んでいった。

出発して十日目の昼近く、船団はアキ国の海岸から川を少し遡った岸辺に上陸した。現在の広島県の太田川のほとりである。川の周辺は不気味に静まり返っている。

「おれが先に行く。合図したら皆もついて来い」

フツヌシはそう言って船から降りた。右手に鉄剣、左手には革製の盾を構えている。フツヌシは戦闘の時は必ず先頭を行く。それが統領というものだ。配下の兵士たちはそれぞれ鉄戈、鉄鉾を握りしめてフツヌシを船上から目で追っていく。ナズナはタカネの後ろで水晶の短剣を握りしめた。

フツヌシはひとり砂浜を一歩一歩と歩いて行く。向こうに広がる雑木林と波打ち際の中間点まで来るとフツヌシは右手の鉄剣を高く掲げた。

「よし、おれに続け。弓に矢ばつがえておけ！」

フツヌシの号令とともに兵士たちは一斉に船から飛び降り、フツヌシに続いた。タカネはフツヌシのすぐ後ろに走り寄った。タカネは後ろを振り向いて言った。

「ナズナ、わしから決して離るるな。どこから矢の飛んでくるやらわからん」

しばらく森の中を進むと、丘の上にアキの城柵が見えた。フツヌシが後ろを振り返り、タカネについていたナズナを呼んだ。

「ナズナ、お前の出番だ。アキの連中は俺たちに気付いているはずだ。たぶん戦いの準備ばしておるだろう。城柵の様子ば探ってこい。兵士はどれくらいいるのか。武器はどんなものがあるのか。敵の兵力が分かれば戦いも容易だ」

「おれに行かせてくれるのか？　統領？」

「ああ、ナズナ、お前のすばしこさが役に立つ時だ」

「分かった。おれちゃんと見てくる」

　そう言うとナズナは嬉しそうに駆け出していった。その眼には闘志は見えても怖気づいた様子は微塵もない。立ち木に身を隠しながら素早くアキ城柵に向かう。城柵を迂回して北側の小高い丘の一番高い杉の木に取りつくとリスのようにするすると登って行った。その姿が杉の枝葉に隠れて見えなくなったかと思ったとたん、杉のてっぺんに顔を出した。

「すばしこかおなごじゃなあ。もうてっぺんに上った」

　フツヌシは感心した。

　それから間もなくナズナは戻ってきた。

「ナズナ、どうだ」

「統領、小屋が五つある。中にはたくさんの人がいる。全部数えられないが三百人はいそうだよ」

「そのうち兵士の数はどうだ」

「武器を持っている人間の数はそう多くない。百人もいないと思う。武器は銅の剣や石の斧ばかりだ。弓を持っているやつも三十人ぐらいいた」

「統領、どげんします?」

タカネがフツヌシを振り返った。

「いきなり攻め込むとは危なか。まずは脅しばかけて相手の出方ば見るこつじゃろう」

そう言ってフツヌシは先頭にたって進んでいった。城柵の近くの岩の上に登り、盾を構え軍旗を立てて整列すると、フツヌシが大声で叫んだ。

「アキん者よ。よーく聞け。わしらはアズミの商人ばい。食糧ば買いにはるばる来た。お前たちが欲しがるもんもいっぱい持ってきたぞ。お前たちと取引がしたかとじゃ。門ば開けてわしらば中に入れよ!」

しばらくの沈黙ののち、梯子をかけて登って来たらしい老人が、城柵から頭をだして叫んだ。

「わしらの所にはお前たちが欲しがるものは何もない。取引などせんから早う帰れ！」

「まあ、そげん言うな。美しか絹の布もある。真珠もあるばい。ありがたかお守りもいっぱい持ってきたぞ。お前らの好いとる剣や鐘の形ばした奴ぞ。霊験あらたかばい。これがなかとまた悪かこつが起きるぞ！」

城柵の上の人影は見えなくなった。誰かと相談しているらしい。しばらくしてまたさっきの老人が顔を出した。

「何を言ってもお前たちと取引はできん。すぐに帰れ」

その答えを聞いてフツヌシは声の調子を荒げて言った。

「そうはいかん。こっちは遠くからわざわざ来たとじゃ。手ぶらで帰るわけにはいかん。手こずらすと困ったこつになるぞ！」

「わしらにはお前たちと取引する気はない。帰れ！」

「そげんこつば言うて後で泣き面かいても知らんぞ。もう一度言う。門ば開けろ！それでも門ば開けんなら、あとは腕ずくで門ば開けさする。よう考えれ！」

ナズナはタカネの後ろで水晶の剣を握りしめる手に汗をかいていた。ナズナの緊張した面持ちを見てタカネは言った。

「ナズナ、お前は来んでよか。ここに残れ。お前には戦さはまだ無理ばい」

それを聞いてナズナは黒い眼を見開いてタカネを見上げると頭を大きく横に振った。

「そげんか。なら絶対わしから離るるな。よかな?」

門は開かなかった。フツヌシは大声で叫んだ。

「よーし、分かった。腕ずくで来いて言うわけか。者ども続け!」

そう叫びながら鉄剣を抜くとフツヌシは一気に城柵に向かった。鉄鉾、鉄戈を持った兵士たちも雄叫びをあげながらフツヌシに続く。城柵に取りついた兵士たちの勢いは獲物に群がる兵隊アリのようにすさまじかった。ナズナはいつもの素早さで城柵に向かって駆けた。タカネがナズナの隣に追いついてきた。

「後ろについて来いて言うたろうが!」

タカネはナズナを怒鳴りつけると前に出て城柵に取り掛かった。後から来た兵士がカギの付いた縄梯子を城柵に懸けようと投げ上げた。その時城柵の中から十数本の矢がナズナたちめがけて飛んできた。フツヌシが叫んだ。

「弓ば構えろ！　城柵の中へ矢ば打ち込め！」

兵士は敵の矢を防ぎながら弓に矢をつがえ、一気に放った。数十本もの矢が城柵に打ち込まれた。城柵の中でうめき声が上がり、敵の矢が止まった。中が混乱状態になっているようだ。

「手ば緩めるな！　続けて矢ば射て！」

タカネも叫んでいた。矢は次々に射かけられる。フツヌシたちの弓矢の攻撃が再三にわたると城柵の中から飛んでくる矢の本数は目に見えて減った。

「敵は怯んだぞ！　今だ！　突撃だ！」

フツヌシが号令した。今度は八十本の鉄鉾と鉄戈が一気に城柵に群がった。ナズナもほかの兵士に遅れまいと城柵に取りついた。鉤の付いた縄を城柵に投げ懸け、よじ登っていく。アキの兵士がアズミの兵士を城柵の中に入れまいとして激しく抵抗する。抵抗するアキの兵士を突き落としながら最初の何人かが城柵の中に躍り込んだ。その中にタカネとナズナもいた。

城柵内に入ったタカネはついてきた兵士たちに命じた。

「城門じゃ！　城門ば開けろ！」

　それを聞くやナズナは脱兎のごとく駆けだした。敵の兵士が城門を守ろうと立ちふさがった。ナズナはそれらの兵士の肩に飛び乗り、背中を蹴って敵の銅剣をかわしつつ城門の前まで辿り着いた。重い城門の閂を小さい体全体で押し上げようとしたが、どうにもナズナには重すぎた。なおも襲ってくる敵の攻撃をかわし、敵兵の背中に取りつくと首に水晶の剣を突き刺す。数人の兵士を倒し、再び閂に取りついて悪戦苦闘しているところにタカネと三人の兵士が駆けつけ、軽々と閂を引き抜いた。城門が引き開けられフツヌシと主力の兵士たちは城柵の中へ躍り込んだ。すでに敵味方が入り乱れて白兵戦になっている。アキの兵士は必死に応戦したが、石と青銅の武器ではアズミ兵士の振り回す鉄の鉾や戈には歯が立たなかった。広場の中央ではそうしたアキの兵士たちの中でひときわ体の大きな男が叫んでいた。

「恐れるな！　一歩も引きさがってはならぬ！　生きるか死ぬかの決戦じゃ！」

　アキ国王だ。国王自身も長い銅剣を持ってアズミ族の兵士と渡り合っていた。フツヌシがアキ国王に向かって叫んだ。

「アキの国王か！　おれがアズミのフツヌシだ。おれに逆らうとはよか根性だ！」

「うるさい！　お前たちの魂胆は分かっておる。わしらの米と稗を奪いに来たのであろう。お前たちの思い通りにはならぬぞ！」

　アキ国王は剣を振りかざし、フツヌシに襲いかかった。フツヌシも鉄剣でその剣を振り払い、飛びのいた。その背後に一人の敵兵が銅剣を持って突進してきた。フツヌシはその銅剣を払うとその兵士に鉄剣を突き立てた。その瞬間、アキ国王の剣がフツヌシに向かって振り下ろされた。間一髪、アキ国王にナズナが飛びついた。ナズナはアキ国王の剣をかわすと懐に潜り込み小さな水晶の剣で国王の喉元を一撃した。国王はとっさに剣を振るって払いのけた。ナズナも間一髪飛びのいたがその剣を足に受けてしまった。左足から血が噴き出している。しかし深手を負ったのはナズナではなくアキ国王だった。喉からは大量の血が流れていた。国王はその血を左手で拭うとナズナめがけて襲いかかった。その時「うりゃあ！」という叫び声とともにタカネの鉄戈が国王の剣を弾き飛ばした。剣は空を飛び、十メートル先の地面に突き刺さった。同時にタカネは鉄戈を返して国王の首を薙いだ。国王は首から大量の血を吹きだして地面に倒れ込んだ。見ていたアキの兵士は動揺した。国王が目の前で倒されたのを見ると一斉に逃げ出した。すでに攻防は一時間になる。国王が倒され、すでに大勢は決まり、アキの兵士は総崩れになった。女子供も泣き叫びながら城柵から逃げ出していた。

フツヌシたちの勝利だった。

アキの民の前に出るとフツヌシは大きな声で言った。

「アズミのフツヌシだ。これ以上の抵抗は無駄だ。剣ば収めよ。それとも皆殺しになる方がよかか！」

その声にアキの兵士たちも抵抗をやめた。城柵の中では逃げ遅れたアキの兵士や女子供が一か所に集められた。その人々のまわりをアズミ族の兵士が鉄戈や鉄鉾を構えて取り囲んだ。フツヌシが聞いた。

「誰か、国王の代わりばする者はおらんか？」

アキの人々の中から老人が一人歩み出た。

「お前は何者か？」

「わしはこの国の長老じゃ」

「おう、お前が国王の代わりば務めるというか。ではもう一度聞く。われらと取引ばする気になったか？」

フツヌシが長老を睨んだ。長老もフツヌシを恨めしそうに睨みながら言った。

「どれだけの食糧を差し出せばよいというのか。今年は不作で米も稗もあまり蓄えがないというのに」

「まあ、お前たちが生きられる分は残してやる。おれたちは慈悲深かとぞ。そげんだな、今年は米三十袋と稗五十袋ば差し出せ。そしたら銅剣のお守りば五本と絹の布ば五巻置いて、黙って引き上げてやる」

フツヌシはアキの人々を皆殺しにせず、米や稗もすべて奪い取ってしまわないことを、『われながら慈悲深いやり方だ』と思っていた。ただ、その慈悲深さとは来年またアキ国から米と稗を奪うためには皆殺しをしては損だということでしかなかった。

「たったそれだけで米と稗を奪っていこうというのか。むごいことをするものだ」

長老は力もなくうなだれた。

タカネは小屋の陰に座り込んでいるナズナを見つけて駆け寄った。ナズナの傷は深手ではなかったが、アキ国王の銅剣で斬られたふくらはぎの傷から血が流れだしていた。ナズナは自分で止血の布を左足に巻こうとしている。タカネはナズナの傷を調べて薬草を貼り、布をきつく巻いてやると、笑って言った。

「傷は命に関わるほどではなか。ようやった。お前の勇敢さは男もかなわんばい。お前はフツヌシ様の命ば助けた。ばってん、これからはあんまり無茶すんな。わしがいつでん助けらるるとは限らんぞ」

タカネがナズナの頭をこつんとするとナズナは笑って見せた。そこへフツヌシが来た。

「ナズナ、お前のおかげで命拾いばした。礼ば言うぞ」

「いや、統領が危ないと思ったから。だけどやっぱり一瞬止まってしまった。タカネ隊長に止まるなと言われていたのに」

ナズナは照れて、あわてて三回かしわ手を打った。

「ほんなこつお前は素早かなあ。ちょうど天を翔けるイカズチのようだのう」

フツヌシがそう言うと、ナズナは喜びに眼を大きく見開いた。

その後、フツヌシたちはアキにある他の二つの国へ交易に訪れた。フツヌシたちの商売の強引さは変わらなかったが、二つの国ではフツヌシたちに抵抗することなく米や稗を差し出した。フツヌシたちが置いて行ったのは数個の銅剣、銅鉾の他、数巻の絹織物に過ぎなかった。この航海でフツヌシたちは大量の米と稗を確保してマツロ国へ帰ってきた。

二年が過ぎた。フツヌシの水軍は韓半島と瀬戸内各地で交易の旅を繰り返していた。ナズナはタカネの部隊に所属し、数々の戦さを潜り抜け、剣の技に熟達していった。天与の才能もあったのだろうが、その技の素早さは鬼神の技と仲間の兵士たちをも恐れさせるほどだった。いつしかナズナはタカネの部隊きっての戦士と誰もが認めるようになっていた。タカネはナズナを信頼し部下に仕事を言いつける時は真っ先にナズナを呼んだ。兵士の中には部隊内の序列を一気に駆け上がっていくナズナに不満を持つ者もいた。

ある年の初夏、イキ国に停泊していた時、事件が起きた。夜になって例のごとく男たちは全員女を買いに出かけ、野営地では焚火のまわりでナズナと三人の女兵士が時を過ごしていた。ナズナ以外の女兵士たちは酒を飲んでいた。ハコベが大きな杯を飲み干して口を手で拭いながら笑った。

「男どもも見る目のなかなあ。こげんよか女がおるのにわざわざ外に女ば買いに行くとはさあ」

ワラビも笑いながらハコベの肩をたたいた。

「そげんよねえ。こげんよか女がおるのにねえ」

アカザが焚火の向こうからハコベをちゃかした。

「だけど、ハコベ。イクメ隊長がやらしてくれって言ってきたらどげんする。やらせてやるかい？」

「馬鹿言うもんではなか。なしてあたいがイクメなんかとやらんばならんとね。お断りだね」

「ほら、やっぱりやらせんのじゃろ」

アカザはイワシをかじりながら鼻で笑った。そしてハコベは杯をグイと空けて言った。

「当たり前じゃ。誰があんな不細工隊長にやらせるもんか。タカネ隊長なら考えてもよかばってん」

ワラビが頷きながら眼をぎらりと光らせナズナに問いかけた。

「そうじゃ。ナズナ比売様。どげんな、タカネ隊長にはやらせてやったんかい？」

ナズナは無反応だった。イラついたワラビは言いつのった。

「ふん、返事ぐらいしたらどうじゃ。どうせあたいたちには男は洟もひっかけてくれんと思うとるんじゃろ。ナズナ比売ならタカネ隊長が、頼むけんやらせてくれと言ってくるかもしれんがね」

ナズナは答えず立ち上がってその場を離れようとした。するとワラビはよろける足で立ち上がってナズナにからんだ。

「何や、逃げるんかい。タカネ隊長は逞しかけんね。きっとあれも上手なんじゃろう？　何とか言ったらどげんじゃい」

「ワラビ、やめなよ」

アカザが止めに入ったが、ワラビはその手を振り払ってにわかに自分の鉄鉾を握りしめ、ナズナに向かって叫んだ。

「お前はタカネ隊長に可愛がられとると思うて図に乗っとる。あたいはね、お前と違うて戦さの場数も踏んじょるとよ。色気で取り入る小娘とは違うんよ。勝負せい。どっちが本物の兵士か見せてやるばい」

言うなりワラビは鉄鉾を振り下ろした。ナズナは素早く飛びのくと、取り合わず行こうとした。しかしその冷静な態度はワラビの怒りを増幅させるばかり。今度はナズナの背後に鉄鉾を突きだす。鉄鉾が背中に届くかと思われた瞬間、ナズナの体はふわりと宙に浮いた。くるりと一回転したナズナの体はそのままワラビのいきり立った肩に降り立った。手には水晶の剣が握られていた。髪を束ねていた紐が断ち切られ、ワラビは突然ざんばら髪になっていた。ナズナは再びふわりと空中を飛んで地面に降りるとその場を立ち去ろうとしたが、逆上したワラビはぼうぼうになった髪を振り乱し、持っていた鉄鉾をナズナに向かって投げつけた。

「いかん！」

ハコベとアカザが同時に叫んだ。振り返ったナズナの正面に鉄鉾が迫った時、二人の間に飛び込んだ人影があった。

「そこまでだ、ワラビ。お前の負けだ。今のお前ではナズナにはかなわん！」

タカネがワラビを睨んで立っていた。タカネの右手はワラビの鉄鉾を素手でつかみ、ナズナに命中するのを止めていた。そしてその胸からは大量の血がしたたり落ちていた。鉄鉾をつかんだ時、その刃がタカネの胸に刺さったのだ。その声にワラビはへなへなと座り込み、ハコベとアカザがワラビを抱きかかえて宿営へ連れていった。

ナズナはタカネに駆け寄った。

「隊長！　大丈夫か？」

「うむむ。大丈夫じゃ。それよりお前たち、諍いなど起こしてわしに要らん心配ば掛くるな」

そう言うとタカネは鉄鉾を投げ捨てた。しかし、タカネはその場に倒れ込んだ。思ったより出血がひどかったのだ。

目を覚ました時、タカネは宿屋の部屋に寝かされていた。フツヌシと隊長たちが心配そうにのぞきこんでいた。

「おお、目が覚めたか」

フツヌシがそう言って安堵の表情になった。

「まあ、こんくらいの傷でくたばるタカネではなかが」

「あ、統領。わしはどげんしたと……」

胸の痛みにタカネは自分がワラビの鉄鉾を止めようとして胸に傷を負ったのを思い出した。起き上がろうとしたタカネの肩をナズナがそっと押しとどめた。

「隊長、じっとしていなければだめだよ。傷は浅くないのだから」

「そげんたい。まあ、しばらくは大人しくしとるんだな。色男め」

笑いながらフツヌシたちは帰って行った。

「さあ、傷に巻いた布を変えてやるからね。動いちゃだめだよ」
ナズナはタカネの胸から血だらけの布を外し、血止めの薬を塗ると新しい布で再びぐるぐる巻きにした。タカネは傷の痛みもあって、おとなしくされるがままになっていた。そして、ナズナの腕が自分の胸のまわりを素早く動いていくのを不思議な気持で眺めていた。ナズナは貫頭衣という、頭から被るだけの服を着ていた。その服は袖がなかったので裸の腕がむき出しだった。その二の腕が自分の胸の上を行ったり来たりするのをタカネは美しいと思って見ていた。そして腕が動くたびにその奥でナズナの小さな乳房が見え隠れした。三年前、フツヌシに拾われた時、ナズナはまだ十三歳の子供だった。しかし、今自分を介抱しているナズナは、いつの間にか初々しい乳房を持つ娘になっていた。タカネは今までそのことに気づかずにいた。ナズナに包帯を取り換えてもらいながらタカネは心地よい眠りに落ちていった。

一週間ほどするとタカネの傷はほぼふさがって、起き上がれるようになった。タカネは宿屋を出てナズナと一緒に野営地で寝起きし、体力の回復を図った。少しずつ体を動かし、歩けるようになったタカネのそばにナズナはずっと付き添っていた。

怪我の治療のため、タカネとナズナはイキ国に残り、フツヌシたちは商売のため一足先にイタ国に帰って行った。タカネがだいぶ回復したある夜のことだった。ナズナは野営地を出て小川に沿って背丈ほどもある草の中を歩いていた。宵闇があたりを包み、遠くでイキ国の喧騒が聞こえる。空には星が瞬いて、せせらぎの音がやさしく耳に心地よい。ナズナは小川の岸の少し開けたところを見つけて座るとその優しい音を聞いていた。

その時、ナズナの目の前を小さな光がふーと横切っていった。ナズナの眼が光を追うと、その先には無数の蛍が対岸の草の上に舞っていた。見渡せば川上は一面蛍の大軍だった。何十万という蛍がこちらで灯をともしては消え、またあちらで灯をともす。これほどの蛍の大軍はナズナも見たことがなかった。その時、ナズナの傍らに影が現れた。振り向くとタカネが立っていた。タカネは口に人差し指を当て、声を出すなというしぐさをしながら、ナズナの隣に座った。

「美しかなあ。こげん蛍は見たこつもなか」

そう言ってタカネは膝を抱えて座りなおした。二人が見つめる先にはいつまでも光の乱舞が続いていた。タカネは傍らに咲いていたユウスゲの花を折って、ナズナの髪に差した。ナズナはタカネがこんなことをするのかと驚いたが、黙ってじっとしていた。タカネは白い花を挿したナズナを見て微笑んだ。そしてぽつりと言った。

「ナズナ、お前も美しか」

ナズナはタカネの眼をじっと見つめていたが突然縋り付くようにタカネの胸に身を預けた。


そのころフツヌシたち本隊はマツロ国の棲家に帰ってきていた。フツヌシは次の商売のために新しく商品を仕入れ、食料を調達していた。隊長たちもフツヌシを助け航海に必要な品物の仕入れに走り回っていた。そんなある日ハヤヒが仕事から棲家に帰ってきた。

アザミは小屋のそばの灌木に干してあった洗濯物を取り込んでいる所だった。ハヤヒはアザミに近寄ると声をかけた。

「おいアザミ、精が出るなあ」

「あら、ハヤヒ隊長。今日は帰りが早いんだね。これを取り込んだら夕飯を作るからちょっと待っておくれよ」

「ああ、飯なんかは後でよか。ちょっとこっちへ来んか」

ハヤヒはアザミの腕をつかんで小川の方に引っ張った。

「痛いよ。何すんだい。嫌らしいね。まだ明るいじゃないか。恥ずかしくないのかい」

「恥ずかしかこつなんかあるもんか。なあ、統領たちが帰って来る前によかこつばしよ？」

そういってハヤヒは無理やりアザミを小川の葦の陰に引きずり込んでアザミの貫頭衣をはぎ取るように脱がせた。

「嫌だ。嫌だよ。こんなんじゃ。どうして男はそうやって力ずくでしかできないんだい！」

アザミは抵抗したが、ハヤヒの力の前には抵抗も空しかった。やがてアザミもハヤヒのするままに任せハヤヒは果てた。ことが終わるとアザミは身なりを直しながら言った。

「ハヤヒ隊長、次はもっと優しくしておくれよ」

季節は冬になっていた。冬の間は海が荒れるため航海には出られない。マツロ国の棲家で夕食を取っていたフツヌシの所にタカネが飛び込んできた。

「統領！　おおごつばい！　大卒様が殺された！」

「何じゃと！　大卒様が殺されたと！」

「さっき、イクメが知らせてきた」

「誰が大卒様ば殺したとや？」

タカネは続けた。

「カナサキ国（華奴蘇奴国、現佐賀県吉野ヶ里）の奴等ですばい。大体カヤの鉄はおれたちイタ国の水軍以外は取引ば禁じられとったでしょうが。今日、カナサキ国の水軍がマツロ港に入港したとき、大卒様が積み荷ば調べなさったとです。そしたら船一杯の地金ば積んどったとが見つかったらしかです。当然、大卒様は水軍の統領ば詰問しようとされたとですが、カナサキの奴等、突然大卒様ば斬り捨ててそのまま船で逃げちまったとです」

それを聞いてフツヌシが吐き捨てるように言った。

「カナサキ国の奴ら、とうとう尻尾ば出しおったか」

「そげんですな。カナサキ国がカヤの鉄ば密かに運んどるていう噂はほんなこつでしたな」

「タカネ。すぐに兵士ば集めろ。これは戦さになるばい。出陣の支度ば急げ！　おれはこれからイタ国の王様の所に行って指図ば受けてくる。当然、カナサキ国へ攻め入るこつになろうが、戦さは一日二日で終わるものではなか。戦さばするには戦さの支度が要る。手分けして戦さの支度ば整えろ。準備ができ次第、イタ国へ来い。分かったか！」

　そうタカネに指示を与え、フツヌシは兵士に小舟を操らせてイタ国へ向かった。木枯らしが吹いて御笠川の川風も冷たくなる季節だった。夕闇が迫り、岸の柳の枝が風に流されて大きく揺れている。空は黒雲に覆われ始め、折から冷たい雨が降り出した。イタ国の王宮に着いたのは夜更けだった。

　王宮は混乱していた。宮殿の奥の玉座に王イタツヒコが座っていた。まわりの燭台の灯りが揺れると、王の顔にゆらゆらと影を落とした。隣に王子クラヒコが座り、その周りを長老たちが取り囲むように座っていた。将軍に任命されている他の水軍の統領たちの顔も見える。皆フツヌシの顔なじみだ。フツヌシは四回かしわ手を打って王の前に座った。待っていたように王が立ち上がった。

「皆、聞いた通りじゃ。大卒が殺された。下手人はカナサキ国の奴だ。カナサキ国がカヤの鉄の利権ば狙うとるのは前から分かっとった。しかし、ここまであからさまにイタ国に敵対してくるとは。わしがカヤの鉄ば商う権利はイタ国だけにあると通達したとば無視しおって。そのうえ大卒まで殺めるとは、許し難か暴挙じゃ！」

王は怒っていた。カヤの鉄を取引する利権は祖先が後漢から「漢委奴国王」の称号をもらって以来、イタ国王の利権だった。王は「漢委奴国王」である自分の権威を無視されたことに憤激していた。そしてフツヌシたち将軍に向かって大声で言った。

「将軍ども。すぐにカナサキ国に報復せねばならぬ。このたびの戦さ、わしが陣頭指揮ば執る。全軍上げてカナサキ国に攻め込む！　フツヌシ！　お前が先陣を切れ！」

戦さは始まった。フツヌシは王にかしわ手を打って宮殿を出、船着き場に向かった。すでに三隻の船は到着している。タカネが駆け寄ってきた。

「統領、戦さの支度は整うとります。いつでも出陣できます。お指図ば」

「よし、出陣だ。目指すはカナサキ国。おれが先陣ば命じられた。一番手柄ば取るぞ。他の船団に遅れればとるな！」

そういうとフツヌシは船に乗り込んで短甲をつけた。船団は波静かな御笠川を遡って行った。

　イタ国は福岡平野の中央部にあり、御笠川はイタ国の傍を南から北へ博多湾に向かって流れる。この川を南に向かって遡ると、現在の太宰府付近で福岡平野と筑後平野をつなぐ低い峠に差し掛かる。この峠を見下ろす丘の上にナ国の城柵が見える。この峠のふもとで船を降り、丸太を敷き詰めた一キロほどの道を、船を引きずって峠を越えると、筑後川の支流、宝満川に出る。宝満川に船を浮かべ南に向かって川を下るとトス国の傍で筑後川に合流し有明海に出る。有明海に出るとすぐ北の海岸に面した丘の上にカナサキ国の城柵が見えるはずだ。

　翌日の夕方には三隻の船は筑後川の上流、ナ国を過ぎた。そぼ降る雨の中、粛々と宝満川を下る。夕暮れにはトス国（都支国・現佐賀県鳥栖市）近くの岸に到達した。そこで一旦上陸し野営をすることにした。西空の雲は切れ、夕日が赤く射してきた。カナサキ国は目と鼻の先だ。

「今夜はここで野営するが、油断は禁物ぞ。敵の兵士がうろついとるかもしれぬ。特に船は念入りに隠しておけ。奴らの船もこのあたりば行き来しとる筈ばい」

　フツヌシはタカネら隊長たちにそう指示した。隊長たちは自分たちの船を葦の陰に隠し、野営の支度に取り掛かった。

「今夜は見張りば余分に立てろ。敵の本拠地の近くじゃ。何が起きるかわからん」

タカネは兵士たちに指示した。指示が一通り終わるとタカネとナズナは焚火のそばに来て座った。

「ナズナ、お前も眠っておいた方がよかぞ。明日は戦さになる」

「あまり眠くない」

ナズナはぶっきらぼうに言った。するとタカネがお世辞ともつかない調子で言った。

「まあ、お前のあの技があれば少々寝ぼけとっても敵ば倒すんはわけなかろうがな」

「タカネ隊長」

ナズナは苛立ったように言った。

「あの技のこと隊長には冗談にして欲しくない」

「どげんしたとか。何も腹立てんでもよかろう」

笑うタカネにナズナが強い口調で言った。

「タカネ隊長、気付いているだろうけど、おれの初めての男はあんたじゃない！　俺は十一の時から実の兄貴の女にされていた。でも兄貴が嫌いで嫌いで、とうとう俺は兄貴を殺した。水晶の剣もそのために作った。あの技も一撃で倒せるよう長い間訓練した。殺す時も死にもの狂いだった。あの技はそういう技なんだ」

後も見ずにナズナは野営地を出ると、近くの林の中に入っていった。そして一本の榎の大木を見つけて登った。太い枝にたどり着くと枝にまたがって野営地の方を見た。野営地は葦の陰になって何も見えない。兵士たちは寝静まっているのだろう。焚火も消されていて、見張りの兵士が時々葦の間に頭を出すのが見える。ナズナは榎の幹に寄りかかって野営地の方を見ていた。ナズナはタカネに過去を打ち明けたことを後悔していた。

その時、西の草むらがざわざわと動いた様な気がした。ナズナは榎の枝に立ち上がり、先ほど草がざわついた方にじっと目を凝らした。その時、月の光にきらりと光る鉾が何本もフツヌシたちの野営地に近づいていくのが見えた。ナズナは榎から飛び降りると一目散に野営地へ帰り、横になっていたタカネを起こした。

「タカネ隊長、敵だ。敵が近づいてくる」

タカネはがばっと飛び起き、押し殺した声で兵士を起こした。

「敵だ！　戦闘準備。他の部隊にも知らせろ！」

ただちにフツヌシ軍の兵士たちはそっと船に引き返し、船の中で敵が現れるのを待った。フツヌシ自身も近くにいたハヤヒの船に乗り込み、葦の陰に目を凝らして敵が現れるのを待った。しばらくして草むらの中から鉄鉾を構えた敵兵が二十人ほど現れた。その後ろにもまだ敵兵はついてきているようだ。フツヌシの兵士たちは弓に矢をつがえ構えた。フツヌシの声が静けさを破った。

「今だ、撃て！」

一斉に矢は放たれ、敵の兵士は声にならない声を立て、次々と倒れ込んだ。あわてて逃げ出す者もいた。

「よし、今だ。もう一度矢ば撃て！」

フツヌシがそう叫んだ時、フツヌシ軍の一番左翼にいたタカネの船のそばで「うおー」という雄叫びが上がった。見るといつの間にか敵の水軍がタカネの船に近づき、鉄鉾を構えた兵士が襲いかかってきたのだ。敵の船は一隻。トス国の旗印を掲げている。

「カナサキ軍ではなかぞ！　トスじゃ！　トスも寝返っとったんか！」

タカネが叫んだ。敵兵は三十人ほどであろう。大した人数ではない。しかし、敵も鉄戈や鉄鉾で武装していたし、不意を突かれてタカネの船の中は混戦となった。ナズナをはじめ兵士たちも必死に応戦し、敵兵を何人か叩き斬っては川の中に蹴り込んだ。タカネも鉄戈を振り回し突然現れた敵兵に応戦した。

その時、ひとりの敵兵がひらりと自船から飛び上がると、タカネの船に乗り移ってきた。ひときわ大柄の兵士だ。身に着けている短甲からすると敵の隊長と見える。その隊長は向かってきたタカネの兵士一人を川に蹴り落とすと、鉄鉾をナズナめがけて振りおろした。ナズナは間一髪飛びのいたが、舷側の上で足を滑らせ、水の中に落ちてしまった。大きな水しぶきが上がりナズナはしたたか川の水を飲んだ。船に這いあがろうとするナズナの頭上に再び鉄鉾が振り上げられた。

「ナズナに何ばするか！」

とっさにタカネは敵の隊長に自分の鉄戈を投げた。鉄戈は敵の脇腹をかすり、敵は思わずよろけた。すんでのところで敵の鉄鉾はナズナをはずれ船の舷側に食い込んだ。敵は怒りの表情でタカネの方に向き直り、鉄鉾を振り上げ飛びかかってきた。タカネは腰の鉄剣を抜いて鉄鉾を受けた。しかし鉄鉾を全力で受け止めたため、その背中は無防備になってしまった。隙をついて後ろに回り込んだ敵の兵士がタカネの背中に鉄鉾を突き立てた。さらにもう一人の敵兵が鉄戈でタカネの脇腹を払った。タカネの背中と脇腹から血が噴き出した。タカネはその場に膝をつき、その頭上に隊長がとどめの鉄鉾を振り上げた。

その時ナズナの叫びが空気を切り裂いた。

「おのれー！！」

ナズナは舷側を乗り越えると敵の隊長に向かって跳躍した。隊長の背中に飛びつき、後ろから頭を抱えるとその首に水晶の剣を突き立てた。白目を剥いた隊長の頭を思い切り蹴ると、タカネの周囲にいた敵兵たちの背中に飛び掛かり、頭を搔い込み、或いは髷を掴んで、次々と水晶の剣で首を搔き切っていく。見開いた眼は血走り、髪を振り乱し、鬼神のごとき速さと気迫だった。あっという間に十人以上の敵兵が首を搔き切られて次々と水に落ち、川は血で赤く泡立った。残った敵兵も恐怖に打たれ、自ら赤い水の中に飛び込んだ。敵の船は水の上の兵士を見捨てて逃げて行った。敵は去った。しかしタカネはすでに船の床にくずおれていた。血まみれのナズナが駆け寄った。

「タカネ隊長！　大丈夫か！」

タカネは眼を開き、ナズナの頭を撫でて言った。

「おお、ナズナ、無事じゃったか。よかった」

ため息をつくように言うと、タカネはそのままこと切れた。

「タカネ！　タカネ！　死ぬな！　死ぬなああ！」

ナズナの悲痛な声があたりに響いた。

夜が明けた。一旦、近くの同盟国、ナ国（奴国・現福岡県大野城市）へ引き返し、戦死者の埋葬が行われた。ナズナはタカネの遺体に取りついて泣いた。周りをフツヌシとイクメたち隊長、そしてタカネの配下たちが取り囲んでいた。フツヌシが近寄り、ナズナの肩に手を置いて言った。

「ナズナ、泣くな。タカネは帰って来ん」

ナズナは涙を流しながら悔やんだ。

「タカネはおれを助けようとして鉄戈を敵に投げた。投げなければ死なずに済んだのに。おれがドジを踏んだから。おれを助けるために死んだんだ！」

タカネの亡骸はナ国の近く、丘の上に石を積み上げた墓に葬られた。その他の戦死者もその横に葬られた。ナズナはタカネの墓の前に座り込んで動かなかった。フツヌシは墓の前にうずくまっているナズナに何も言わず、配下たちにも邪魔をしてはならぬと命じた。そしてナズナが自分から戻ってくるのをじっと待っていた。翌日フツヌシのもとに戻ってきた時、彼女の頬はこけ、大きな瞳には鬼神の炎を宿していた。しかも髪は銀白色になっており短く切っていた。タカネの墓に供えたのだ。皆はナズナの姿に驚いたが何も言わなかった。そしてフツヌシはこう告げた。

「ナズナ、以後はお前がタカネの部隊ば率いよ」

ナズナは一瞬驚いたように瞳を見開いたが、黙ってフツヌシを見て頷いた。

「タカネの信頼ば裏切るな。それからお前ば隊長に任命するに当たり、これば遣わす」

そう言ってフツヌシは短剣を腰から外してナズナに渡した。それはフツヌシがイタ国王から拝領した美しい短剣だった。ナズナは黙ってその剣を戴くと帯に挿した。

「統領、忠誠を誓う」

そう言ってかしわ手を四回打った。そして言った。

「統領。タカネの仇を討たせてくれ。トス国の奴らを皆殺しにせねば！」

ナズナは血走った瞳をらんらんと光らせていた。フツヌシはナズナの気持ちが痛いほどわかった。「タカネの仇を取りたい」フツヌシも同じ思いだった。イクメもこう提言した。

「そげんですな。トス国がカナサキ国側についたこつは明らかですけん。カナサキ国軍への見せしめのためにもトス国ば血祭りに上ぐるも手ですな」

フツヌシもいつもの温和な表情は消え、既に闘将の顔になっていた。

「よし、トス国に攻め込むぞ。タカネの弔い合戦だ。フツヌシ様の恐ろしさば思い知らせてやる」

翌日の夜、フツヌシ軍は背振山地の東端にあったトス国に近づいていた。北風が吹き荒れ枯葉が舞い、雲は低く、月も星も見えない。奇襲にはうってつけの天候だ。トス国は小さな国で兵士はせいぜい五十人程度だろうと見ていた。しかしトス国の近くまで進んでフツヌシは驚いた。城柵の外にはかがり火を焚き、軍旗を翻して大勢の兵士たちがいたからだ。百人以上はいるようだ。

「統領、どうも敵の兵士は五十人どころじゃなかごたるですな。トス国が敵にとっては最前線になるけん、カナサキ国が応援の軍勢ば派遣しとるとでしょう。これは危なか。兵力は向こうが上ばい」

イクメは慎重になっていた。しかしフツヌシは撤退する気はなかった。

「ここまで来て引き返せば、フツヌシの名がすたる。不意打ちば掛くるしかなか。気づかれんように近づいて、至近距離から矢で一斉攻撃ば掛くる。敵が乱れたら一気に攻め込むぞ」

命令が伝えられ、フツヌシ軍はトス国軍を取り巻くように密かに展開した。風が強くなり、木々の梢はひゅうひゅう、葦はごうごうと音を立て、フツヌシ軍の布陣を助けた。

「よし、今だ。矢ば撃て！」

フツヌシの号令で矢の一斉射撃が始まった。暗闇の中で不意を突かれたトス国軍はあわてた。どこから矢が飛んでくるのかさえ分からない。そこに、フツヌシ軍が鉄鉾、鉄戈を振りかざして躍り込んだ。たちまち二つの軍勢が入り乱れての乱戦になった。その中で独り、敵兵の真っただ中で銀髪をなびかせているナズナの姿があった。向かってくる敵兵の頭上を飛び越えては背後から敵の髷を掴んでのけぞらせ、柄に錦を巻いた短剣を振り上げて首を切り裂いていく。ナズナが通り過ぎた後には、首から血を噴いた敵兵の屍が累々と重なっていった。

乱戦はしばらく続いた。不意を突かれた上にナズナの電光石火の攻撃を受けてトス国軍はじりじりと押されていった。最後は総崩れになり城柵の中へ退却した。フツヌシたちはそのままトス国の城柵に取りついたが、今度は城柵の上からは矢が雨のように飛んできた。盾で矢を防ぎながら城柵に縄梯子を懸けようとしたが、何人もの兵士が、射かけられる敵の矢に当たり負傷した。

その時、縄梯子を背負ったナズナが、敵の矢をかわしながら獣のように城柵に取り付いて駆け上った。そして柵の上からこちら側に縄梯子を下すと、独りで中に飛び込んでいった。その縄梯子をワラビ、ハコべ、アカザらが駆け上り、ナズナを追って中に飛び込んだ。

「ナズナ！　タカネの仇ば討て！」

ワラビはナズナの後ろについて敵を薙ぎ倒しながら叫んだ。ナズナも叫び返した。

「お前も討ちたいだろうが！　思う存分やれ！」

「タカネの仇はわれら皆の仇じゃ！」

ハコべも大声でそう叫ぶと鉄戈をぶん回して蹴散らす。アカザも鉄鉾を振り上げながらナズナに言った。

「ナズナ！　とことんやれ！　遠慮はいらんぞ！」

四人が入れば次が続く。犠牲は少なくなかったが、フツヌシ軍の兵士は次々と城柵を突破しトス国の中に躍り込んだ。たちまち城門が開いた。走りこんだフツヌシ軍の兵士が見たものは、銀髪を乱し阿修羅の形相で敵兵を殺し続ける血まみれのナズナだった。天を翔けるように敵の頭上を跳躍し、兵士たちは木偶のように次々と倒れていった。その死にざまは、あたかも銀色の稲妻に打たれたかのようであった。その戦いの後、誰言うともなくナズナはタケミカズチ（建御雷）と呼ばれるようになった。

第3章　ヤマダ国

最初の戦端が開かれ、犠牲を出しながらもトス国に大打撃を与えたフツヌシたちはその後ナ国に陣を置いた。

「周辺の諸国に偵察を出せ。トス国が寝返っていたなら、ほかの国も寝返っておるかもしれぬ。誰が敵なのか分からねば、いくさにならぬ！」

フツヌシに命じられ偵察に出た兵士たちが一人また一人と戻ってきた。

「統領、カナサキ国はすでにこの周辺の国々に手ば回して盟約ば結んどるごとあります。筑後川の下流の国々は皆、敵ですばい」

「カナサキ国はだいぶ前からイタ国に歯向かう準備ばしとったごたるです。これはおいそれと終わる戦さではなかですばい」

翌日、イタ国の正規軍と水軍、同盟国軍千人がナ国に着いた。王はフツヌシの報告を聞くと烈火のごとく怒った。

「すぐにカナサキ国を叩き潰せ！　一時の猶予もならぬ。王を舐めたらどうなるか思い知らせてやる！」

時をおかずイタ国連合軍は筑後川から攻め込むフツヌシら水軍と、王自ら陣頭指揮を執り陸路から攻撃する正規軍に分かれて出立することになった。しかし怒りのあまり冷静さを失った王はカナサキ国連合軍を見くびっていた。トス国をすでにフツヌシが攻め落としたと思う油断もあった。

イタ国王の軍列は四列縦隊で陸路からカナサキ国を目指した。ところが国王軍がトス国の近くを通りかかった時、林の中から突如二百人ほどの部隊が現れ、王の護衛部隊に襲いかかった。隠れていたカナサキ国軍だった。縦に長くなっていた部隊は横からの攻撃には弱かったし、先頭の副官や王子は後ろで何が起きているかも気付かぬまま進軍し続けていた。しばらくして王子や副官が隊列の中央部の異変に気づき、王のところに駆け戻った時は手遅れだった。王の乗っていた輿は無残に破壊されて草の中に放り出されており、その周囲には護衛の兵士の死体が折り重なっていた。王自身も胸や首に傷を負い、すでに死んでいた。襲ってきたのは、敵の精鋭部隊と思われる。王を殺した敵兵はさっさとカナサキ国へと退却したあとだった。王子は副官を口汚く罵った。

「お前が油断しとったから父上が殺されたとじゃ。どげんしてこの責任ば取るか！

すぐに逃げたカナサキ国の奴らば追撃せい！　皆殺しにしてこい！」

副官は王子の言葉を無視して部隊に号令をかけた。

「王様が倒された。ここは退却じゃ。イタ国に帰って作戦ば立てなおす」

その号令でイタ国正規軍は退却した。王子は歯ぎしりして憤ったが、取り合う者はいなかった。

それからのイタ国軍の指揮は乱れた。長老が最高司令官になったが、王子が感情的になって強硬論を言いつのるため、作戦はまとまらなかった。王の戦死と、本隊が退却したことを知ったフツヌシはそのままナ国に戻って次の指令を待った。フツヌシ軍が合流してナ国はカナサキ連合と対峙する最前線となったが、いつになってもイタ国軍司令官からの命令は来なかった。

この後、イタ国とカナサキ国の対立を背景に、それぞれの同盟国の間で長きにわたる戦さが始まった。倭人伝に「倭国乱」と記された内乱である。戦乱は泥沼化し、略奪と戦闘から逃れるため、住み慣れた場所を離れた人々は、難民と化して各地をさ迷うことになった。

「統領、マツロがハリ軍に襲われとります！」

マツロを出たのは昨年の冬の初めだったが、ナ国での駐留は長引いていた。その報告が入ったのは早春の夜明けだった。ハリ国（巴利国、佐賀県唐津市）はカナサキ国の同盟国だ。

「統領、すぐ助けに行かんば。おれらの本拠地が敵の手に落つるは名折ればい」

ハヤヒはフツヌシに進言した。フツヌシはすぐには首を縦に振らなかった。

「しかしナ国の守りから勝手に離れるわけにはいかぬ」

「そんならおれの部隊だけでも行かせてください」

ハヤヒは必死でフツヌシに訴えた。それを聞いていたイクメが言った。

「お前アザミが心配なんじゃろ」

するとハヤヒはうろたえて否定した。

「そげんこつではなかばい。あの国はおれらの国ですけん。知っとる者も多かですし」

横で黙っていたタケミカズチがハヤヒの気持ちを察してフツヌシに提言した。

「統領、おれの部隊とハヤヒの部隊を行かせてくれませんか。おれたちの本拠地が敵に占領されるのを黙って見ているということもないでしょう」

ハヤヒ隊とタケミカズチ隊は川を遡り、峠を越え、翌日、マツロの海岸に上陸した。マツロを襲ったハリ国の兵士は退却した後だった。マツロ国もハリ国の攻撃を何とか凌いで守り通した様子だった。しかしタケミカズチたちの棲家は襲撃され、周辺にあった竪穴式の家もほとんどが焼き払われていた。どこも住居の柱だけが焼け残り、黒い炭状になって地面に立っていた。ハヤヒは必死でアザミを探した。近くに辛うじて焼け残った掘立小屋があるのを見つけた。入ってみると留守番役の老兵が年老いた女たちと隠れていた。

「おう、ぬしら、よう無事じゃったな。おれらの棲家におったアザミていう奴婢はどげんなったか知らんか？」

ハヤヒが聞くと老人はこう説明した。

「ああ、アザミはハリの兵士に連れていかれてしもうた」

「何い！　連れてかれたとや？」

「ああ、生き残った女は全部じゃ。ハリの兵士は襲うてきた時、マツロの城柵ば攻むる前に城柵の周りの掘立小屋や、家に火ばつけよったと。みんな慌てて逃げ惑うたばい」

「家に火ばつけよったとか。わしら兵士の家も燃やしおったか」

「ああ、そげんたい。そんうち、わしらの棲家にも火が回ったけん、住んどった女ともども散り散りになって逃げた」

「どこに逃げた！」

「焼け残った家で他の生き残りと一緒に隠れとった。その後、マツロの城柵とハリ軍の戦さになったばってん、マツロの兵士はよう頑張って城柵は落ちんかった。二日ぐらいしてどげんしても落とせんと分かってハリん奴は退却するこつにしたとじゃろ。船に乗って去ろうとしたばい。ざまあみろて思うとったら、何人かが戻ってきてその辺の焼け残った家に隠れとった女ば全部連れて行きよった。年寄りばかり残してよ」

ハヤヒは天を仰いで考えていた。しばらくしてタケミカズチに向かって言った。

「タケミカズチ、おれは今からアザミば助けにハリ国に行く。すまんがおれの兵士ば連れて帰ってくれ。統領にはハヤヒは馬鹿でしたて報告しておいてくれ」

そう言い残すとハヤヒは独りで海岸につないである小舟に向かって走り出した。タケミカズチは止めようとしたが、その肩をワラビとアカザの手が押さえた。

「隊長、行かせてやりな。アザミは妊娠してたんだよ」

アカザがそう言うとワラビも頷いた。タケミカズチはそのままハヤヒが独り沖に漕ぎだすのを見送った。そしてハヤヒの兵士を連れてナ国に戻った。その後ハヤヒは戻らず、アザミもその行方は知れなかった。

内戦が二年にもなろうとしていた頃だった。その日、フツヌシ軍はトス国の隣にあって、カナサキ側についていたミナ国（弥奴国・福岡県久留米市）という小国を攻め落した。戦さが始まって二度目の秋も終わろうとする頃で、玄界灘を越えて冬の風が吹きつける季節になっていた。その風に煽られてミナ国の城柵は燃えていた。イクメは焼け落ちる炎を見ながら言った。

「統領に愚痴るつもりはなかですばってん、わしらは何のために戦さばしとるんかね。いくら城柵ば落としたところで、戦利品も何もなか。褒めてくれる王もおらん。いっぽうで部下は次々と死んでいく。この戦さが始まってからもう二年経つが、若か兵士がもう十人ぐらい死によった。ハヤヒも、アザミも行方知れずだし。この戦さは続ける意味のあるとですかね」

イクメのミズラにまとめた髪はほつれ、髭も伸び放題だった。ただ連戦のおかげで肩や胸は一層たくましく鋼のようになっていた。

「そげん言うな。この戦さはカヤの鉄の利権を守るための戦さじゃ。分かっておろうが。戦利品や、褒美のためではなか。カナサキ国のやつらに鉄の利権を奪われたら、わしらは商売の手立ても生きる手立てもなくすとじゃ」

そう言うフツヌシも額には深いしわが刻まれ、肩には鉾の傷がいくつも残っている。

「けど、その鉄を買いにカヤまで行く暇もなかでっしょうが」

その横でタケミカズチも目をこすっていた。

「おれはタカネの仇を打ちたかっただけです。だから戦さをするたび敵兵を数えきれないほど殺してきた。でもいくら敵を殺してタケミカズチなどと呼ばれるようになっても、タカネは帰って来ない。この頃は何のために敵を殺しているのか分からなくなってきました。ただお互い憎しみをぶつけているだけのような気がします」

イクメは吹いてきた風に髪を乱されて、その髪を払いのけながら冷たくなった鼻をこぶしでこすった。

「今日、わしが殺した敵兵は若かった。そやつは鉾の使い方も何もわかっとらんで、何やら叫びながら闇雲にわしに向かってきた。きっと恐ろしうて堪らんかったとじゃろう。わしはそやつをいつものごと鉾で突き刺した。その兵士の顔ば見て思うた。『こやつは自分が何で死なねばならんとか分からんまま死んだ。こげん若者を今まで何人殺したことか』と」

イクメの言葉を聞いて、三人はしばし無言でミナ国の城柵が燃え上がる炎を眺めていた。風に吹かれて立つタケミカズチの銀髪にミナ国の燃える炎が映えていた。

その時、傍らの草むらで何者かが自分たちを見つめている気配がした。すかさずイクメが鉄鉾で草を薙ぎ払うと、そこには女が一人草の中にうずくまってフツヌシたちを上目づかいに睨んでいた。ミナ国の女と思われた。逃げもしないその女をイクメが小脇にかかえてフツヌシの前に放り出すとにやりと笑った。

「戦利品が手に入りましたぞ。上もんばい、これは」

その女をフツヌシはナ国に連れ帰った。器量の良い女だったので、次の夜、フツヌシは寝所に呼び寄せた。兵士に引きずられるようにして連れてこられた女をフツヌシは寝台に横たわって見上げた。女はじっと佇んだまま、黙ってフツヌシを見下している。

「どうした。こっちへ来い。フツヌシ様が直々に可愛いがってやる」

フツヌシは似合わない猫なで声で言った。

「お前の思うようにはならぬ！」

思いがけず女はフツヌシに鋭い声を浴びせた。

「なにを！」

少し驚いたフツヌシは起き上がるなり女を睨みつけた。

「ほざいてないでこっちへ来い！」

フツヌシは女の手をぐいと引くと寝台に倒し、着ていた貫頭衣をはぎ取った。白い肌が燭台の炎に照らされ妖しく浮かび上がった。戦乱でまともに食べていないのだろう痩せた体に小さな乳房が哀れだった。しかし血と泥濘と汗の男たちばかりを見続けた目には、久しぶりに見る滑らかで温かい肌だった。フツヌシは女を押さえつけその耳元に口を寄せて言った。

「お前の国はおれが滅ぼした。お前にはもう行くところはなか。おれに可愛がってもらえるだけでも有難かと思え。それともおれに逆らうて仲間たちのごと首ば刎ねられた方がよかか」

するといきなり女はフツヌシの頬に平手打ちを食わせた。フツヌシは驚いた。

「殺すのなら殺すがよい。しかし、お前のように人殺ししかせぬ者は、いずれ天照様がお許しにならぬと知っておいた方がよいぞ」

「奴婢の分際でおれに説教ばするか！」

フツヌシは女の思いがけぬ態度に、思わず拳で殴りつけようとした。女はひるまずフツヌシを睨んでいる。このようにあくまで逆らう女に会ったのは初めてだった。これまで寝所に連れ込んだ女は皆、フツヌシを恐れて黙ってされるがままになるか、媚びた笑みを浮かべてすり寄って来るかのどちらかだった。しかしこの女は媚びもせず恐れもしない。泣きもせず、対等に目を合わせてくる。その気迫に興味が湧いた。

「名は何というか」

フツヌシは殴ろうとするのをやめ、寝台に腰かけ直した。そして女の方を見ないで問いかけた。女は寝台から起き上がり、脱がされた貫頭衣を持って部屋の片隅に行くと服を着た。そして黙って床の上に座った。

「名は無かとか！」

フツヌシが声を荒げると、女は低い声できっぱりと答えた。

「私の名はタマモと言う」

「タマモと申すか」

女の顔を見ずにフツヌシは続けた。

「お前はおれが恐ろしうなかとか」

タマモは静かに答えた。

「天照様の教えを守っていれば、何も怖いものなどない」

「天照様の教えだと」

「そうじゃ、空に輝くお日様のことじゃ。人を助けよというヒミコ様の教えじゃ。お前などに分かるはずがない」

「なぜわからんと思う」

「お前は人を殺すことしかできぬであろう。人を助けることなど思いもよらぬに違いない」

「人ば助くるだと。こげん戦さの世の中で、人助けなどしとったら自分が死ぬ羽目になるだけじゃ。お前も殺される寸前ぞ！」

「それじゃからお前にはわからぬと言うたのじゃ。このような戦さを始めたのはお前たち、王や将軍を名乗る面々ではないか。お前たちは自分の利益のことしか考えておらぬ。だから利権を争って戦さを起こす。このたびの戦さとてカヤの鉄の利権の奪い合いが発端ではないか。その戦さでどれだけの人を殺した。あと何人殺せばお前の戦さは終わりになるのか」

「戦さが終わることなどなか。人は生きるために誰かと戦わねばならぬ定めなのよ。強かもんが弱かもんば支配する。それがこの世の道理じゃ」

「その道理とやらのおかげで国中が路頭に迷う人々であふれておる。女子供、年寄りはこのような世の中では自分の身を守れぬ。食べ物を奪われ、住むところを焼かれ、死を待つほかはない。女だから、子供だから、弱いからいたぶられてもよい、死んでもよいというのがお前の言う道理か？」

タマモはフツヌシに食って掛からんばかりに詰め寄った。その眼は涙が浮かんでいる。フツヌシは、女はすぐ泣くと思いながら子供に教えるように言って聞かせた。

「そうじゃ。弱か者は死ぬ。強か者が生き残る。それが道理じゃ。最後に勝った者が平和な国を作るのじゃ」

その答えを待っていたかのようにタマモは昂然と顔を上げ、強い口調で続けた。

「笑止じゃ。勝った者が永遠に強いとでも思うておるのか？　王は永遠の命を持って生き、永遠に強いままだと？　一度勝てば他の国は未来永劫黙って従うとでも？　どのような王も老いさらばえ、新たに興った王に打ち破られる。戦さは永遠に続く。それが今の世の有様ではないのか？」

フツヌシは答えに窮した。戦さは永遠に続く。自分もいつかは老いて弱くなる。時が来れば、若くたくましい敵が現れ、みじめに倒されるしかない。おれの鉄鉾は撥ね返され、敵の鉾はおれの盾を突き破って脾腹に刺さるだろう。今おれが敵にしているように。その時は必ず来る。いま必死で守っているイタ国もいつまでも安泰ではない。たとえ数ある戦闘を生き延びたとしても、老いた兵士に平和な生活が約束されることなど決してありはしない。

タマモはフツヌシの心中を鋭く見抜いた。

「そうであろう。お前とて、それでよいとは思うておらぬ」

「そうよ。おれもいつかは年老いてやられる時が来る。それぐらいわかっとる。それが道理というものじゃ。この世の道理に不服じゃと言うて、ほかに生きるすべがあるとでも言うか」

　フツヌシは苦々しい声で問うた。タマモは静かに答えた。

「天照様の教えに従うことじゃ。正しい道を求めることじゃ。ヒミコ様はそう教えておられる」

「正しい道だと。ヒミコだと？」

　フツヌシは大声を出した。タマモは静かに話し出した。

「ヒミコ様は戦さから逃げ惑う弱い人々を救っておられる。住むところと食べ物を分け与えておられる。明日は死ぬかもしれぬ人々に、飢えているのだからと言うて自分たちの食べ物を分けておられる。何千という人々がそれで命をつないでいる。弱い者も生きる道がある。それが天照様の道だからじゃ。正しい道だからじゃ」

「そんなことをしとってはお前たちが皆飢えてしまうだけじゃ」

　フツヌシはタマモにただした。難民が続々と押し寄せて以来、食料は圧倒的に足りない。皆で仲良く分け合うなどありえない。フツヌシはそう信じていた。

「それでも私たちは飢えてはおらぬぞ」

「お前らは飢えておらぬと？」

「そうじゃ、飢えてはおらぬ。有り余る食料があるわけではないが、人が生きていくのに、食べ物はそれほど多くはいらぬ。われらの国で育てているコメ、稗や、どんぐりや、皆で捕った川魚や獣など、持ち寄った食べ物を分け合っている。強い者たちが自分たちばかり腹いっぱい食べようと、あるいは自分の倉に溜め込もうとして、弱い者から食べ物を巻き上げるから、弱い者は食べ物が足りなくなる。お前だって水軍なら東の国へ行って、毎年コメや稗を奪ってきたであろうが。自分の手で稲を育て、ドングリを集め、雑魚の干物を作ったことがあるか。自分では何も作らずにおいて、人の食料を奪う。それがお前たちのやり方ではないか。そのようなことをせず、持ち寄った食べ物を分け合えば皆が生きていけることをヒミコ様は身をもって教えておられる。それが天照様の教えなのだ」

「それがヒミコの教えなのか?」

「そうじゃ。よいか。この世で生きることは恐怖に耐えることだ。誰かに襲われはしまいか。飢えはしまいか。はやり病に罹りはしまいか。恐怖は限りない。そのような恐怖に人は耐え続けなければならない。人はそのような恐怖に耐えられるようにはできていない。そのような恐怖に人が耐えるためには、絶対に必要なものがある」

「絶対必要なもの?」

「そうだ。必ず自分は何かに守られていると固く信じられることだ。何かが絶対自分を守ってくれていると信じられれば人は恐怖に耐え、日々を送ることもできる。ヒミコ様はそう言った人々を恐怖から救うため、食事を与え、住まいを与え、そしてそれらの人々に寄り添っているのだ。そして天照様を信じろと説かれる」

「お前はそのヒミコばよう知っとるのか」

「当たり前じゃ。私はヒミコ様の妹。いつもそば近くにお仕えしておるのじゃから」

「お前はミナ国の人間じゃなかったとか」

「私はヤマダ国（邪馬台国・現福岡県朝倉市）の人間じゃ」

「なぜミナ国におった」

「ヒミコ様の使いでミナ国に来ていた時、お前たちが攻め込んで来たからじゃ。私は戦さに巻き込まれただけじゃ」

「ヒミコか……」

フツヌシも噂は知っていた。イタ国の南、大河を越えた先に神聖な山がある。そのふもとにヤマダ国という国があり、偉い巫女がいると聞いたことがあった。その巫女は若いころから太陽神の声を聞くことができると言われていた。その巫女がこの戦さの世に人助けをしているという。フツヌシはヒミコという巫女がどんな女か見てみたくなった。戦さに倦んだ心に光をもたらしてくれるだろうか。

「下がってよか」

フツヌシはタマモに言った。しかし、タマモは動かなかった。部屋の隅に座ってじっとフツヌシを見つめている。

「どげんした、もう下がってよか。もうお前ばいたぶりはせんから安心せい」

フツヌシはそう言うと寝台にごろりと寝転んだ。しかし、タマモは動こうとせず、言った。

「将軍、お前は迷っておる。何も得るものもなく、むなしく部下が死んでいく戦さの中でこれからどこへ行くべきか迷っているのであろう。それならヤマダ国に来ぬか。ヤマダ国でヒミコ様のために働かぬか。戦さに負けた兵士たちが盗賊となってヤマダ国の食糧を奪っていくのだ。ヒミコ様は若い者を集めて警備の兵士を組織されたが、その兵士たちを率いる将軍がおらぬ。ヤマダ国の民は皆、戦さから逃げてきた者ばかりで、戦いの経験などないのだ。将軍がおらぬのでヤマダ国の兵士は襲ってくる盗賊を防ぐことができずにいる」

タマモは窮状を訴えた。

「戦さ上手な将軍が必要なのだ。私がミナ国に行ったのも、誰かヤマダ国に来て兵士を率いてくれる将軍がおらぬか探しに来ておったのじゃ。将軍、お前なら戦さに慣れておろう。ヤマダ国の兵士を率いて夜盗を追い払ってほしい。ヒミコ様を助けてくれぬか。私の命と引き換えでもよい。ヤマダ国の将軍になってくれぬか」

「頼む相手ば間違えとるばい。おれはそげん器じゃなか。数えきれんほど人は殺したが、人ば助けたこつなどなか」

フツヌシは寝返りを打ちタマモに背を向けた。その背にむかってタマモは話し続けた。

「いやいや、お前様は道理の分かる、心根の優しいお方じゃと見た。先ほど、戦さが永遠に続くことを憂えておるのがようわかった。戦さのない世の中が来ればよいと思っておるのだろう？　そのお前様の心を見込んで頼む。ヤマダ国の将軍になってくれ。天照様の教えに従う平和な世が来ればよいと思わぬか！」

いつの間にかお前がお前様になっている。フツヌシは横になったきり動かない。タマモも跪いたまま動かない。長い沈黙の時間が流れた。突然フツヌシはがばっと起き上がり、跪くタマモの前に立った。そしてタマモを太い両の手で抱きあげて言った。

「よし、ヤマダ国に行ってみようぞ」

タマモが驚いてフツヌシを見ると切れ長の眼は笑っていた。


翌日、フツヌシはタケミカズチ、イクメを呼んだ。

「おれはこれからヤマダ国へ行く。ヒミコていう巫女に会いに行こうと思う。場合によってはその巫女ば助けようて思う。お前らはおれが最も信頼しとる者どもだから、連れて行こうと思うが、嫌なら今ここで申し出よ」

タケミカズチたちは驚いた。

「統領、突然どげんしました？」

「ナ国の守りを投げ出していくんですか？」

フツヌシは昨夜タマモから聞いた、ヒミコが助けを求めているという話をした。タケミカズチが頷きながら言った。

「ヒミコという巫女の話はおれも聞いたことがありますが……」

「うむ、おれも昨日の女から聞いた話しか分からぬが、なんでもこの戦さのご時世に路頭に迷う人ば助け、食べ物や住む所ば与えておるという話じゃった」

「わしも聞いたこつのあります。ものすごう偉か巫女様で、行く当てのなか者どもば大勢助けよるごたるとです」

フツヌシは二人に言った。

「この前お前たちが言うたとおりばい。本当は今の戦さは何のための戦さか俺にも分からんようになっとった。王様は死んだ。毎日何のためかわからんまま、人殺しば続けるとにもうんざりした。おれはヒミコがどげん巫女か、会うてみようて思う。会うてみて、助けるかどうか決めようて思う」

「おう、わしもそげん巫女には会うてみたかばい」

「統領お供します」


その日のうちに、三隻の船に八十人の兵士を乗せて、フツヌシたちはヤマダ国に向かって出発した。先頭を行くフツヌシの船にはタマモも乗っている。

ヤマダ国は筑後川支流、現在の福岡県朝倉市付近にあった。冷たい風の吹く中、船で川を行くのに丸一日かかった。ナ国から筑後川の支流を下ると、左手に聖山が聳えているのが目に入る。山の頂きには晩秋の寒空に白い雲がいく筋もかかっている。筑後川の支流の湿地を縫いながら東に進む。しばらくするとヤマダ国の城柵が見えてきた。城柵の規模はあまり大きくない。イタ国の半分ほどであろうか。城柵の上には高い望楼がそびえ、弓を持った兵士が見張りに立っていた。城柵の周囲には無数の竪穴式住居がひしめき合っている。ヤマダ国に逃げてきた人々の棲家だ。竪穴式住居の数はイタ国より多いように見えた。周辺にも数多くの田畑が広がっている。ヤマダ国に多くの人々が身を寄せている証でヒミコの人望の高さを思わせた。フツヌシたちはヤマダ国の船着き場に船をつけた。その時、城柵の上から大きな声がした。

「お前たちは何者か。ヤマダ国を襲うても何も手に入らんぞ！」

ヤマダ国の兵士のようだった。その周りには弓矢を構えた兵士たちがこちらを狙っているのが見える。タマモが前に出て大声で叫んだ。

「怪しい者ではない。私じゃ、タマモじゃ。将軍を連れてきた。私らを守ってくれる将軍だ」

しばらく沈黙があったが、やがて城柵の門が開き、中から二人の男が出てきて船着き場まで駆け下りてきた。

「タマモ様、よくぞ無事で帰られた！」

切れ者そうな顔立ちをした口髭の男が叫んだ。

「おお、ナシメ様、トシゴリ様。やっと見つけました。フツヌシ将軍です」

トシゴリと呼ばれた、大きな目玉の男はフツヌシと聞いてびっくりした顔になった。頬髯がくしゃくしゃで、いかにも快活そうな人物だ。

「フツヌシとはイタ国のフツヌシか？　あの猛将がわれらの味方になってくれるというのか？」

「いえ、まだそこまでは言ってもらってはいませんが。でも一緒に来てくれたのです」

そう言ってタマモはフツヌシを紹介した。二人はフツヌシに向き合い一礼すると言った。

「ヤマダ国でヒミコ様をお助けしているナシメだ。よろしく頼む」

「トシゴリと申す。お主が噂のフツヌシか。よろしくな」

「フツヌシだ。お役に立てるかどうかわからぬが、思うところあって、まかり越した。お話次第では助勢出来るかもしれぬ」

フツヌシはタマモらを見回して笑った。

間もなくフツヌシたちはヤマダ国の中心にある、三階建の宮殿に案内された。三階の奥の間にはヒミコが座っていた。タマモがヒミコに四回かしわ手を打つとヒミコが言った。

「おお、タマモ、お前がみずから将軍を捜しに行くと言って戦場に旅立ってからというもの、毎日気が気ではなかった。よくぞ無事で戻った」

ヒミコの眼に涙がにじんでいた。タマモが傍に控えていたフツヌシたちをあらためて紹介すると、ヒミコは居住まいをただし深みのある声で話し始めた。

「フツヌシ殿とやら、このような辺境の地まで妹のタマモを無事に連れ帰ってくださったこと、心より感謝いたします。またそのうえ我々に助勢してくださるとか。心強いことでございます。聞けばアズミ族随一の強者とか。なるほどいかにも屈強な武人。これでヤマダ国の民にも心安らぐ日々が来ることでしょう」

「いやまだ助勢すると決めたわけではないが……。しばしこちらにやっかいになるフツヌシと申す。よろしう頼みます」

かたわらでタケミカズチはヒミコを見つめていた。ヒミコはこれまでに会ったどんな女とも違っていた。年は三十歳ぐらいであろうか。生成りの短い貫頭衣の上に長い衣を羽織って色とりどりの組紐の帯を締め、その下には同じ生成りの長い袴をつけている。長い髪を三つ編みにして胸に垂らし、額に巻いた紐には透明な黄玉が光っていた。たおやかな外見である。しかしその物腰は、大国の王のように堂々としており、同時に包み込むような優しさも漂わせている。気品と威厳とを備えた様子にタケミカズチは眩しささえ感じた。そのたじろがぬ澄んだ瞳に見つめられると、引きつけられる一方、心中を見透かされた気がする。深い声は聞く人の心の底まで降りてくる。この巫女に会いに旅をしてきてよかったと思えた。フツヌシもまたヒミコの霊力を感じ、この巫女を助けようという心が湧いてくるのを感じていた。

その日からフツヌシたちの戦さは意味を持つことになった。戦さに敗れ、国を失いヤマダ国に逃げ込んでくる人々は後を絶たなかった。一方、一部の敗残兵でヤマダ国の周辺に隠れて、夜盗と化し、倉庫を襲い、食糧を強奪しようとする者もまた後を絶たなかった。また、周辺の国々の軍団の中にもヤマダ国を襲い食糧を強奪しようとする者もいた。フツヌシは兵士を率いて、それらの盗賊と化した兵士たちと戦い、追い払った。フツヌシも部下の兵士たちも、イタ国の兵士であった時より、皆、一層勇猛になっていた。彼らにとって、この戦さが今までの戦さと違って、意味のあるものだったからだ。ヤマダ国に逃げ込んでようやく命をつなぐことができた弱い者たちを助けることが嬉しかった。盗賊を追い払ってヤマダ国に戻ると人々は熱狂的に迎えてくれた。ヒミコに礼を言ってもらえるのも光栄とは思ったが、人々の歓声に迎えられるのが何よりもうれしかった。イクメたちも以前とは打って変わって、生き生きとしていた。

フツヌシたちはヤマダ国の城柵外に竪穴式住居を作ってそこをねぐらとした。ねぐらとしては粗末なものであったし、食べ物も十分とは言えなかったが、フツヌシたちは確かに飢えることはなかった。盗賊を追い払う仕事のない時はヤマダ国の人々と一緒に田の草取りをし、畑を耕し、倉庫や家の修理をしたりして、人々に溶け込んでいった。

「統領、ほらこんなに取れましたよ。ドングリ」

秋のよく晴れた日、背中に大きな籠を背負ってタケミカズチが山から帰ってきた。タマモに連れられてヤマダ国の人々と裏山に食料のドングリを拾いに行ってきたのだ。あとから降りてきたタマモも大きな籠を地面におろして汗を拭いた。籠いっぱいのドングリがつやつやと光っている。

「さあ、今度はこれを穴に埋めて渋を抜かなければならんのですよ。フツヌシ殿もイクメ殿も穴を掘るのを手伝ってくださいよ」

タマモはヤマダ国の食料庫の管理を任されていた。秋は主食のドングリの収穫に忙しい日々が続く。ドングリは穴に埋めておくと、冬場には渋が抜けて食べられるようになる。

「さあ、タケミカズチ比売、明日はキノコ採りですよ。もうひと頑張り」

タマモはそう言って笑った。

「キノコ採りをするのは初めてです。ワクワクしますね」

タケミカズチはいかにも楽しそうに笑った。

「統領、ヤマダ国に来てよかったなあ。タケミカズチがあげんに楽しそうにしとるのを見たこつはなかですもんね。盗賊を追い払ってヤマダ国のみんなに喜んでもろうて。これがやりがいていうものですかね」

イクメはそう言って笑った。

ある日、タケミカズチは久しぶりにのどかな気分でヤマダ国の周辺を散策していた。季節は春から初夏に移るころで、空は青く、快い風が吹いて銀髪が頬にかかる。水のせせらぎが聞こえる。小川のほとりに腰を下ろすと、緑の葦原が風にさわさわとなびいている。戦さの日々には、葦の陰に潜む敵を見つけ、飛びかかって首を掻き切ったものだ。今はただ風と陽光の中、のんびりくつろいでいても危険はない。平和とはいいものだ。

「こんにちは」

声をかけられてタケミカズチは振り返った。タマモの娘トヨだった。トヨは、手に花を持ちこちらを見ていた。

「タケミカズチ比売さま、お散歩ですか」

「はい。気持ちのいい日ですね」

トヨは信じ切った様子でタケミカズチの隣に来て座った。そして言った。

「タケミカズチ比売さま、ひとつ聞いてもいいですか」

トヨはまだ四歳になったばかりのはずだが、その大人びた言い方にタケミカズチは笑いながら答えた。

「いいですよ。何を聞きたいのですか」

「あなたの名前、本当はタケミカズチではないと聞きました。稲妻のように素早いからそう呼ばれているのだと。ほんとの名前は何ですか」

「ほんとの名前ですか」

タケミカズチは虚を衝かれた。ほんとの名前なんてもう何年も使ってない。自分でもタケミカズチと名乗ることに慣れていた。

「ほんとうはナズナと言うのです」

トヨの顔が輝いた。

「ナズナ！　きれいな名前ですね！」

きれいな名前。しかしナズナとして生きていた子供時代は惨めなものだった。兄の情婦にされていた頃。盗みやかっぱらいをして生きていた頃。人の目を盗み、人の目を伺う日々だった。フツヌシのもとへ来て初めて自分らしくなれた。そしてタケミカズチとなる前のほんの短い間、ナズナと優しく呼んで、抱きしめてくれた人がいた。

ふいにあの時の情景が目に浮かんだ。せせらぎの音。何万という蛍の群れ。髪に挿した白いユウスゲの香り。「ナズナ、お前も美しいか」という言葉。逞しい男の匂い。タケミカズチの眼に涙があふれた。泣くなんて、泣くなんて、何年ぶりだろう。

「ごめんなさい。悲しいことを思い出したのですね」

トヨが肩に手をかけてそっと言った。その小さな手から優しさと慰めが伝わってくる。その優しさがタケミカズチの眼を涙で満たした。タケミカズチは束の間ナズナにかえり、幼いトヨの肩を抱いておいおい泣いた。ひとしきり泣いたあと、タケミカズチは涙を拭きながら小川のせせらぎに向かって呟くように言った。

「もう大丈夫です。過ぎ去ったことは忘れます」

そう言って振り向くと、タケミカズチはトヨに向かってやさしく笑った。


「フツヌシ統領！　北の葦の原に兵士のような影が見えます。十人ぐらいですが、どうも動きが怪しかです。食料倉庫を襲う気ではなかでしょうか」

見張りの兵士がフツヌシの詰め所に飛び込んできた。外は夕闇が迫ろうとしている。フツヌシは櫓に上って兵士の指差す方を見た。確かに葦の間に十人ほどの黒い影が動いているのが見える。

「うむ、倉ば狙うとるかもしれぬ。倉の守りば固めねばならぬな」

そう言うとイクメとタケミカズチを呼んだ。

「イクメ、タケミカズチ、また盗人ばい。お前らが行って蹴散らしてこい」

「おう、任してください。統領」

イクメ達はこともなげに出かけて行った。


イクメは倉庫の周辺を鉄鉾を担いで見回っていた。倉庫は今では三十棟もある。月が出てほのかな光があたりを照らし出した。少し風も出てきたようだ。一番端の倉庫に差し掛かった時、突然倉庫の陰から鉄戈が突き出され月の光に輝いた。イクメは咄嗟に飛びのき、鉄鉾でその鉄戈を払った。すると大柄の兵士が鉄戈を振りかざしイクメに飛び掛かってきた。イクメははっしと受け止め鉄戈と鉄鉾が火花を散らした。盗賊もなかなかの手練れで簡単には蹴散らせない。

「おーい、タケミカズチ！　加勢せい！」

イクメがそう叫ぶとタケミカズチが駆けつけてきた。その時、盗賊が大声を上げた。

「タケミカズチだと？　あんた、イクメの兄貴か！」

盗賊はイクメとタケミカズチの顔を交互に見比べた。その顔に笑みが浮かんだ。

「ハヤヒか？　ハヤヒ、おまえか？」

イクメは盗賊の顔を覗き込んだ。タケミカズチも駆け寄って確かめる。イクメとハヤヒは武器を投げ捨て抱き合った。タケミカズチも外側から二人の肩を抱いた。イクメが最初に言った。

「ハヤヒ、盗人なんかになりおって。情けなか」

ハヤヒは頭を掻きながら下を向いた。

「面目ねえ。他に食うてゆく道がなかもんで」

そしてハヤヒは仲間の盗賊たちに声をかけた。

「おーい、終わりだ、終わりだ。ここは襲っちゃならん城柵じゃった」

すると物陰からぞろぞろと盗賊たちが出てきた。

「ここに居るんはおれの兄貴分のイクメ様とあのタケミカズチ比売ばい。この二人に歯向こうたら命のいくつあったっちゃ足りんばい。今日の所は帰らんば」

そう言うとハヤヒは帰ろうとした。

「待ちない、ハヤヒ。お前フツヌシ様に挨拶もせんで行く気か？」

そう言われてハヤヒは驚いたように振り向いた。

「フツヌシ様てや。フツヌシ様が生きとるんか？」

そこへフツヌシも駆け付けた。喜びの輪ができた。

「そげんでしたか。統領たちはこのヤマダ国に来とったとですか。いやね、ハリ国からナ国に帰ったら、もぬけの殻でフツヌシ統領の行方は知れんて聞いたけん。てっきり統領も隊長たちも戦死したもんと思うたとです」

フツヌシもハヤヒが生きていたことを喜んだ。

「いや、おれたちもお前のこつは気がかりだったとじゃ。マツロ国から独りでハリ国に潜入したとは聞いとったが、それきりだったけんな」

タケミカズチも大喜びだった。

「ハヤヒの兄貴、よく無事でいてくれたな。おれは少し後悔してたんだ。あんたを黙って行かせてよかったのかとね」

「ほんなこつ、迷惑ばかけてすまんかった。まあ、あの後ハリ国に忍び込んでアザミば助けられたんは奇跡のごたるもんですばい。神様に感謝せにゃん」

ハヤヒが照れながら言った。タケミカズチが目を丸くした。

「ということは、アザミも生きているのか？」

「ああ、おれと一緒に逃げて小さか村に住んどる。まあ、そこがおれたちの棲家たい」

ハヤヒがタケミカズチを見て笑った。するとフツヌシが言った。

「それならハヤヒ。お前たちもヤマダ国に来るがよか。ここでおれたちと一緒に盗人ば追い払う仕事ばすればよかたい。食うだけは出来るし、盗人するより気持ちもよかぞ」


こうしてハヤヒとその仲間はヤマダ国に合流した。盗賊と生活を共にしている女たちもぞろぞろついて来た。その中にあのアザミもいた。

ヤマダ国にやってきたときアザミは子供を連れていた。片手によちよち歩きの幼児の手を引き、背には乳飲み子を背負っていた。もう一人はアザミの大きな腹の中だった。カヤで切り殺されそうになった時は垢じみた子供だったアザミは、今や堂々たる一人前の女になっていた。そしてフツヌシたちの顔を見るなり憎まれ口をきいた。

「ありゃりゃ、ナズナ、統領も、イクメも。あんたたちまだ生きとったんかい。あんたたちなんかとっくに戦さで死んだものと思っていたよ」

「生きてて悪かったね。まだ死なないよ。やることがあるから」

タケミカズチが笑って切り返す。

「何だい、そのやることとって。お前、タカネが死んでから戦さの鬼になったそうじゃないか。もう大層殺したんだろうね」

「ああ、大層殺したね。でも今は殺さないように戦さをしている。難しいけど」

「へえ、殺さないように戦さをねえ」

ワラビたちもやってきて憎まれ口の応酬が始まった。

「よくもまあ無事だったじゃないか。よくよく悪運の強かとじゃねえ」

「強かどころか。よっぽど暇じゃったと見える。おまけが三人も増えとるし」

「ハヤヒは優しくしてくれるかい。ずいぶん惚れられとるようじゃが」

「ああ、惚れられてるよ。よその女の尻をあたいと間違えて追い回すくらいだよ」

アザミは澄まして答えた。アカザがアザミの肩を叩いて大きな声で笑った。アザミも笑って続けた。

「だけどね、今連れているこいつらは運がよかったのさ。食べ物がなくて乳が出なくなってさ。生まれたけど育たなかった子もいたのさ。それでハヤヒも人様の食べ物を力ずくで奪うしかなかった。それもこれもみんな何もかも独り占めしようとする奴ばっかりだからさ。統領、結局この戦さだってイタ国の王様が鉄を独り占めしようとして始めたっていうじゃないか。あたいたち下々には迷惑な話だ。おかげでどれだけの人が命をなくしたか」

　そういってアザミは突き出た腹を撫でた。

「大体こんな戦さばかりじゃ、落ち着いて畑を耕すこともできないし、あたいはあんたらみたいに鉾を振り回す力もないしね。子供を生んで育てるぐらいしかできることはないのさ。でもね、近頃思うんだよ。あたいら女は男どもが殺し合いばかりしてる間に、生んで生んで、命を繋いできたんだってね。あたいもさ、男たちが殺した分だけ生んでやろうと思ってさ。そう思ったら男なんか怖くなくなったよ。生きてるって悪くないよ。殺さないように戦さするなんてめんどくさいことするよりはね、生んだ方がもっといいと思うよ」

　そう言ったアザミの顔はなぜか晴れ晴れしていた。そしてタケミカズチに耳打ちした。

「だから内緒だけどこの子たち、父親は皆違うんだよ」

ひと月ほどたったある日、事件が起きた。タケミカズチは宮殿でヒミコの護衛についていた。夜明け近く、宮殿の前の広場で鉄戈がぶつかり合う音と争う人声がした。タケミカズチは宮殿のテラスに走り出た。武器を持った男が三人、門衛と争っていた。敗残兵らしい男たちは門衛二人を蹴散らすとヒミコの宮殿の階段を駈け上ってきた。

「この宮殿が一番広か。なんか金目のもんがあるに違いなか」

タケミカズチは先頭をのぼってくる男に体当たりし、男はぎゃっと叫びながら階段の下に転がり落ちた。タケミカズチは短剣を構え叫んだ。

「何者だ！」

その時ハコベ、アカザ、ワラビらも駆けつけ、階段の上でそれぞれ武器を構えた。

「へへっ、おなご兵士かよ。こりゃもっけの幸い」

敗残兵の一人が鉄戈を構えなおしてタケミカズチたちを見上げた。

「おい。女なんかさっさと始末して、もらうもんばもろうて帰るばい」

もう一人の兵士が鉄鉾を振りかざして階段を駈け上がってきた。タケミカズチが宙に舞い上がって兵士の顎を蹴り上げると、男は吹っ飛んで体ごと階段から地面に落下した。タケミカズチは錦を巻いた短剣を構え、ゆっくり階段を下りた。ハコベ、アカザ、ワラビの三人も階段の下まで降りてくると武器を構えて男たちを囲んだ。男たちはタケミカズチたちが思ったより遥かに手強そうなのでたじろいでいる。
タケミカズチはそばにいた男の横面をしたたかに蹴り飛ばして地面に叩き付けた。それを合図にハコベ、アカザ、ワラビの三人もほかの男に飛び掛かり、あっという間に男たちは地面に倒れ、うめき声をあげる羽目になった。そこへ騒ぎを聞きつけてナシメ、トシゴリ、フツヌシと何人かの兵士が駆けつけた。兵士たちは地面に倒れ呻いている男たちを縛り上げた。

「おう、タケミカズチ、さすがお前たちだ。こいつらも相手ば見て襲い掛からんとな」

フツヌシが冗談を言ったところにヒミコが階段の上に現れた。

「タケミカズチ比売、ハコベ殿たちも怪我はありませんか？」

「はい、おれたちは大丈夫です」

「よかった。盗賊を殺さなかったのですね」

ヒミコはほっとした様子だ。フツヌシは不服だった。

「お言葉ですがこげん奴らの命ば助けても、どこか別の所で人ば殺します。ここで殺した方が世のためです」

「いえ、それではこの男たちがしていることと同じです。それではいつまでたっても戦さをなくすことはできません」

「戦さをなくす？」

タケミカズチが聞き返した。ハコベ、アカザ、ワラビも顔を見合わせた。盗っ人はいつの世にもいる。この巫女は盗っ人を殺さぬことで、戦さの時世に戦さをなくすと言っているのだろうか。

「ヒミコ様、戦さをなくすとは？　一体どうやってこの世から戦さをなくすのですか？　盗っ人を殺さぬことで、戦さのない世の中が来ると思うのですか？」

タケミカズチは真剣に問いただした。するとヒミコがタケミカズチの方に向き直って聞いた。

「タケミカズチ比売、あなたはなぜ人を殺すのです？」

「敵だからです」

タケミカズチが答えた。

「敵だからですね。敵とはなんですか？」

「敵は敵です。殺さなければ殺される相手です」

「ではなぜその敵は貴方を殺そうとするのですか?」

しばらく沈黙が続いた。

「先におれを殺さなければ自分が殺されるから。でもそれはおれも同じです。殺るか殺られるか、それが戦さです」

「そうでしょう。でも考えてごらんなさい。あなたにもあなたの敵にも、お互いを殺さなければならない理由などもともとないのです。ただ先に相手を殺さなければ自分が殺されるという恐れからお互いを殺そうとするのです。それが戦さです」

「では一体どうすればよいと言われる?」

「今あなたが言ったではありませんか。相手にあなたが殺す気はないと分からせればいいのです」

「戦さをしていて、殺す気がないと相手にわからせる? そうすれば相手に殺されないと?」

「難しいのはわかっています。戦さが始まってからでは無理でしょう。でも私はそういう世の中を作っていきたいのです」

ヒミコはタケミカズチの眼を見つめ、さらにフツヌシの眼を見つめて微笑みを浮かべて言った。

「人々が誰かに殺されるかもしれないという恐れを持たずに生きられる世の中を作りたいのです。人は必ず死にます。誰もその定めには逆らえませぬ。ですから死ぬこと自体は必ずしも不幸ではありませぬ」

タケミカズチは驚いていた。ヒミコは愛する者の死で苦しんだことがないのだろうか？

「死ぬことは不幸ではないと？」

ヒミコは静かに頷いた。

「その通りです。死ぬことはそれだけでは不幸なことではありませぬ。不幸なのは自分の意に反して死ぬことなのです。強い者の身勝手に抵抗もできずに殺されてしまうことなのです。食べ物を奪われ飢えに苦しんで死ぬ。腐ったものを食べて病に倒れて死ぬ。家を焼かれ、寒さを凌ぐ家もなく凍えて死ぬ。弱い者はいつもそのような道理に合わない死にさらされているのです」

ヒミコはその場にいた者たちを一人一人見据えながら言った。

「世の中には力を持っているのをいいことに弱い者を傷つけ、奪い、貶め、挙句の果てには意味もなく殺してしまうことを何とも思わぬ者がいるのです。そしてそういった者たちから自分を守れない弱い人々も大勢おります。そのような弱い人々を守らなければなりませぬ。天照様が望まれるのはそういうことです。そして、弱い者を道理に合わない死から守ること、それが強い者に与えられた使命です。あなたがたの使命です。あなたがたは強い人ですから」

そう言い終わるとヒミコはフツヌシの足元に縛られている盗賊の方に振り向き憐むように言った。

「この盗人たちもそういった弱い者の一人です。死にたくないとの思いで盗みにも入り、あなたがたにも向かってきたのでしょう。本当に悪いのはこの者たちではありません。自分の欲のために戦さを起こし大勢の命を奪い、人々を飢えさせ、路頭に迷わせて顧みない者たちです」

ヒミコはそう言うともう一度全員を見渡して語りかけた。

「フツヌシ殿と皆さんにお願いがあります。私はそういった弱い人々を救うため、いつの日か戦さが終わることを望んでいます。次の戦さが起きぬように祈っています。起きてしまった戦さをすぐに終わらせることはできぬでしょう。しかし次の戦さの種はつぶしておきたいのです。ですからお願いです。戦さを終わらせるとき、勝ったとしてもむやみに奪わないで欲しい。後に恨みを残さないで欲しいのです。恨みを残せば、それは次の戦さの種になってしまいますから」

そう言ってヒミコはフツヌシを振り返った。

「フツヌシ殿、その男たちはしばらく牢に入れておくしかないでしょうが、落ち着いたらヤマダ国で働くよう導いてやりましょう。ヤマダ国で食べ物と家が与えられ、この者たちが命を奪われる恐怖から解放されるように」

フツヌシはヒミコの言葉に強く打たれた。自分の部屋に帰ってゆくヒミコの後ろ姿にフツヌシは頭を下げてかしわ手を四回打った。

「タケミカズチよ、戦さのなか国を作らねばならぬとじゃな」

そう言ったフツヌシの顔はいつになく厳しかった。タケミカズチは大きく眼を見開いて頷いた。

第4章　親魏倭王

フツヌシがヤマダ国に合流してから五年がたった。紀元二三九年の初夏、ヤマダ国に逃げ込んできた一人のイタ国の兵士がフツヌシを見つけ驚いて言った。

「フツヌシ様。フツヌシ様ではなかか。こげんところで何ばしとんなはるとか。貴方様がおらんようになったけん、イタ国にはおおごつが起きたとですぞ」

その兵士の話では、ひと月ほど前、マツロ国海岸の防衛に当たっていた時、海上に大きな船が百隻もあらわれ、巨大軍団が上陸してきたという。軍団は海岸に陣を張り、軍旗を翻し、かがり火を焚いた。その数およそ二千。統率のとれたどこかの国の正規軍と見られた。

「軍旗に『帯』の字が見えたけん、帯方郡の軍団ではなかかと噂しとりました」

逃げてきたイタ国兵士は続けた。

「二日ばかりして、それまで野営しとった軍団が突然進軍ば始めました。おれたちのかなう相手ではなかけん、イタ国まで撤退して城柵の守りば固めたとです」

「王様はどうした。クラヒコ様がいたであろう」

フツヌシは問いただした。

「いえ、クラヒコ様は怯えて何の命令も出さんまま部屋に引きこもりなさりました し、フツヌシ様は何年も行方知れずだし、他の将軍たちも手が出せる相手ではなし、おれたちはただ途方に暮るるばかりでした」

帯方郡の軍団は上陸した後、イタ国の城柵まで進軍してその周辺に野営した。そして次の朝、軍団から敵意がないことを示す白い旗を掲げた使いの兵士と思われる一団がイタ国の城門の下までやってきた。

「門を開けよ。われらは帯方郡の建中校尉（けんちゅうこうい）様の使いで来た。この国の王に直々申し伝えることがある。ただちに門を開けよ」

使いは大きな声でそう名乗った。当時帯方郡のある韓半島中部で使われていた言葉と倭国で使われていた言葉には方言程度の差しかなかったのでイタ国の人々は使いの言っていることは十分に理解できた。そして、その声を聴いたクラヒコ王は驚きうろたえて喚いた。

「開けるな。門ば開けたらいかん。早う誰か行ってあいつらば追い払え」

兵士たちは王の言葉に顔を見合わせたが、誰も動くことはできなかった。その時、城門の上にいた兵士の一人が恐ろしさと緊張に耐えかねて弓につがえた矢を放ってしまった。矢はヒュウと飛んで城門の下の乾いた地面に落ち、からからと空しい音を立てて転がった。たちまち魏の使いの兵士たちは一斉に矢をつがえ放った。当の矢を放った兵士をはじめ、イタ国の城柵中では三人が矢に当たり傷を負った。王宮内部にも数本の矢が飛んできた。王はますますおびえ、慌てふためくばかり。周章狼狽の中、王はさっきと逆の命令を出した。

「やめろ！　逆らってはいかん。今すぐ城柵の門ば開けろ」

兵士たちはあわてて城門を開けた。城門が開くと帯方郡の兵士たちは弓を収め整列しなおした。隊長と思しき人物が数人の配下を連れてイタ国城門をくぐって入ってきた。そして叫んだ。

「国王はどこにいる！」

王は長老に促され、震える足で広場に出てきた。

「わしが国王だ。何用か？」

精一杯虚勢を張って王は隊長を睨んだ。隊長は王の表情など意にもかけず大声で言った。

「お前が国王か。先ほど名乗ったように、わしは帯方郡建中校尉様の配下の者である。これよりこの城柵は我らが接収する。逆らうとどうなるかは先ほど見たとおりだ。われらとて無益な殺生は望まぬ。速やかに城柵を我らに明け渡すことを命じる」

「……その命令一発で王様はがばっと地面に平伏して、城柵は帯方郡の軍団に明け渡されてしもうたとです。おれらはイタ国からほうほうの体で逃げてきました。フツヌシ様さえおってくれたら、こげんこつにはならんかったとでしょうに」

逃げてきた兵士はフツヌシを恨めしそうに見た。話を聞き終わって、フツヌシは不安げな眼でイタ国の方角、北の空を見あげた。


大挙して上陸してきた魏の軍勢は、帯方郡が差し向けた二千人の大軍だった。帯方郡とは魏が韓半島南部の地を支配するために置いた魏の軍事基地である。現在のソウル付近にあった。軍団を率いていたのは建中校尉という役職にあった梯儁（ていしゅん）という帯方郡の役人である。前年に魏の将軍、司馬仲達が、それまで韓半島を支配していた豪族の公孫淵を滅ぼしたため、韓半島と倭の地は魏の支配下に入っていた。

当時の中国では皇帝の徳が高ければ高いほど、その徳を慕って遠い国から使者が来ると信じられていた。皇帝たちは絶遠の国から使者が来ると大いに喜んで歓迎し、その使者を連れてきた部下にも多大な褒賞を与えたのである。そこで遠隔地の国を攻め支配下に入れた将軍は、競ってその国に命じて使者を仕立てさせ、首都洛陽まで連れて行った。そうすることで皇帝を喜ばせ、自分の功績をアピールしたのである。司馬仲達も、新たに韓半島や倭の地を魏の支配下に取り込んだことを皇帝に印象づけようと考えた。そこで魏から最も絶遠の地にあった倭国から使者を送らせるよう帯方太守に命じていたのである。

しかし、当時の倭の地には統一国家はなく、倭国王など存在しなかった。倭国乱が始まるまでは、イタ国王が倭国王の称号を認められていたが、倭国乱が起きてからは倭国王と呼べる王はいなかった。しかし司馬仲達の立場からすれば、辺境の小国群を支配下に治めましただけでは格好がよろしくない。それなりの体面を持った国を支配下に入れたことにしたかった。そのためには倭の地全体を束ねる倭国王がいなければならなかった。

内戦状態にあったアズミ族の国々に梯儁の使いがやってきた。使いといっても完全武装の帯方郡の精鋭が五百人の隊列を組んでやってきたのだ。

「何！　至急イタ国に集合せよてか。何でか！」

カナサキ国王カネヒコは報告に来た長老を怒鳴りつけた。

「はい、国王様。しかし外には帯方郡の軍団が五百人はおります。逆らえばこの国に攻め込むと言っております。申し訳ありませんが、ここは従うしかないかと」

「他の国王はどうしておるか分からぬのか！」

「残念ながら、分かりませぬが、おそらくこの軍団にあらがうことのできる国王はおらぬと思われますが」

アズミ族の国々は互いに争っていたのだが、今は争いなどしている場合ではなかった。使いの軍団に促されて渋々国王たちはイタ国に集合した。それほど魏の使者の軍事力は圧倒的だったのである。

その日、イタ国の王宮の広間には、イタ国王とアズミ族の国王二十四人が集められた。昨日までお互いに戦っていた国王たちは、広間に隣り合って座らされた。しかし今はいがみ合うどころか、何が起きるのか戦々恐々、びくびくと周りを見回している。

そこに帯方郡の使者梯儁が入ってきて、一段高い壇上の床几に座った。梯儁は威圧するようにアズミ族の国王たちを見回すとおもむろに口を開いた。

「帯方郡建中校尉である。帯方太守様の命によりまかり越した。これより、倭の地は魏国の帯方郡の支配下に入る。不服な者は今ここで申し出でよ」

国王たちは互いに顔を見合わせたが、不服を申し出るほど無謀な者はもちろんいなかった。

「不服はないということだな。それでは、帯方太守様の命令を伝える。直ちに今の戦闘を停止せよ。魏国の支配下にある国は互いに勝手な戦さをしてはならぬ」

この命令に、国王たちはざわついたが、何か意見を唱える者はやはり誰一人いなかった。アズミ族の国王たちでは帯方軍の精鋭二千の前には抵抗は不可能だった。当時のアズミ族の国々の軍隊の規模と武器は、使者の二千人の軍隊とは比較にならなかった。倭国の国々が連帯して魏に立ち向かうという意識もなかった。そして梯儁の恫喝に近い命令で、今までの戦いを終結することが決められた。

「それでは、今日を以ってそれぞれの戦いは終結した。以後、倭国は魏国の支配に入り、帯方郡の命令に従う。くれぐれも命令に反することのないようにせよ」

梯儁はそういって、各国王を改めて見回しながら重々しい声で続けた。

「ところで、今後の倭の地を束ねる王は誰か」

梯儁は本題を切り出した。居並ぶ国王たちの間にまたどよめきが起きた。未だ戦乱の決着はついておらず、まだ誰が倭の地全体の王となるべきか決まってはいなかった。

イタ国王クラヒコは自分こそ倭国王だと言いたかったが、周りの国王の誰一人として支持者はいないことぐらいは知っていた。クラヒコは周りの国王を恨めしそうに見渡して首をひっこめた。カナサキ国のカネヒコ王は、内心自分こそ倭国王になるべきだと思っていたが、イタ国の同盟国の王たちが自分を支持するはずのないことは明白だった。カネヒコ王は「自分が倭国王だ」とあえて名乗り出なかった。ここは大人しくしているのが得策だと考えたからだ。結局、各国の王たちは誰一人として発言せず、互いの中の誰をも「自分たちの王」と認めようとはしなかった。

「何ということだ。自分たちの王さえ決められないのか。わかった、もうよい。お前たちが決められないなら、わしが倭国王を決めてやる」

梯儁のその言葉で、国王たちは解散した。

次の日、梯儁の所に副官の一人がやってきた。

「建中校尉様、実は昨日の倭国の王たちの集まりに、ひとりだけ出席をしていなかった王がいたと申す者がおりまして」

「なに、出席していない王だと！　この国の王は全部集めろと言ったではないか。どういうことだ」

「はい、昨日集めました王たちは、イタ国にかつて従っていた国々の王だという者を全て集めたものでございます。その情報は、イタ国の王や、長老たちから聞き出したものでございます」

「では命令に従わなかった王がいたとでも言うのか？」

「いいえ、滅相もございません。それらの王は全て集めたのです。ところが、長老の一人が、倭の地の南に邪馬台という城柵があり、ひとりの巫女が治めているというのです。そこはもともと小さな集落でしかなかったのですが、戦さで行き場を失った人々を、その巫女が救済し始めたのだそうで。そうしたらその邪馬台に難民がぞくぞく押し掛け、国のようになったというのです。今ではその巫女が王のように治めているとか。そういう訳で、招集された王にはその巫女王が含まれていなかったのでございます」

「難民が集まった国か。して、その巫女の名はなんという」

「ヒミコと申します、建中校尉様。ヒミコはもともと王ではありませんが、その支配するヤマダ国は今ではこの地方で最も人口の多い国になっているそうでございます。ヒミコも他の王よりはるかに人望があるとか。そのヒミコを召喚いたしましょうか」

副官はそう付け足した。

「いや、わしが直接出向く方がよい。ヤマダなる国をこの目で見る必要がある。ヒミコという巫女も興味深い。倭国が女王国だというのも面白いかもしれぬ。太守様も、いや司馬将軍閣下もお喜びになられるかもしれぬ」

梯儁はにやりと笑った。梯儁はさっそく千人の兵士を連れてヤマダ国に向かった。


イタ国から逃れてきた兵士が「帯方郡の大軍団が来た」という情報を伝えてから半月ばかりが経った。突如ヤマダ国の近くに約千人の帯方郡の大軍団が現れ、陣を張った。軍団の掲げる軍旗には「帯」の字が鮮やかに読み取れる。ヤマダ国の人々は恐怖に捉われた。フツヌシは配下の兵士たちに命じた。

「全員武装して城柵の中に待機せよ。命令があるまで動いてはならぬ！」

兵士たちは命令通り武装して城柵の中で待機した。

「タケミカズチよ、ヒミコ様を頼む。何があってもヒミコ様だけは逃してさし上げろ！」

タケミカズチは大きく頷くと三人の女兵士と共にヒミコの警護に就いた。何事かあった時は身を挺してヒミコを守る。その覚悟はできている。

しばらくすると帯方郡の陣営から数人の兵士が白旗を掲げて出てきた。兵士たちはヤマダ国の城門の前に立って大声で叫んだ。

「我等は帯方郡、建中校尉様の使いである。建中校尉様がヒミコに会いたいと思し召しだ。門を開け、建中校尉様をお迎えするよう申し付ける」

その言葉を聞いて、ナシメはヒミコの宮殿に駆け上がってきた。息を切らせて部屋に入るとヒミコはいつもの席に座っていた。

「ヒミコ様。お聞きになりましたでしょうか？」

「聞きました。帯方郡の使いが私に会いたいとのこと。かまいませぬ。お通しなさい」

早速城門は開かれた。タケミカズチたちはそれぞれの武器を握りしめた。ヒミコは落ち着けと皆を目で制して自分の床几から降り、帯方太守の使いを待つため部屋の中央に座った。タケミカズチたちは入り口の両側に武器に手を添え待機した。

しばらくして梯儁は陣営を出た。五十人ほどの兵士が後に続いた。城門をくぐり、ヒミコの宮殿に通され、一段高いところの床几に案内されて梯儁は座った。ヒミコとナシメ、トシゴリはその前にかしこまった。梯儁はヒミコをじっと見つめ口を開いた。

「お前がヒミコと申す巫女か。確かにこの国は多くの人であふれているな。皆お前を慕って集まってきたと聞いた」

ヒミコは顔を上げ、臆することなく答えた。

「いえ、私を慕って集まったわけではございませぬ。皆、戦乱を逃れて来た者ばかり。他に行く所がないのでこの国に逃げてきたのです。ここ七年ほど戦さが続きましたから」

「お前はそれらの人々に食べ物や宿舎を与えているとか。以前、漢中（かんちゅう）で張魯（ちょうろ）という者が同じことをしていたと聞いたことがある。どうしてこのようなことを始めたのだ」

張魯の名を聞いてヒミコはにっこりした。

「大陸で行き場のない人々に食べ物と寝る場所を与えていた人がいたと祖母に聞きま

した。私の祖母は大陸の戦乱を逃れてこの地に渡って来た巫女でしたので。私は少しだけその方の真似をしているだけでございます。張魯様の足元にも及びませぬが」

「やはりそうか。しかし、なまじの覚悟では出来ぬことだ。ところでわしはな、そのような戦さをやめさせるために来たのじゃ」

「戦さをやめさせると仰せですか？」

「そうだ。これからこの地はわが魏国の支配下に入る。魏国の支配下で国々が勝手に戦さをしておっては困るでのう。先日この地の王を全て集め、戦さをやめるように申し渡した」

「王たちに戦さをやめろとの命令を出されたとおっしゃる？　それで、王たちは承服したのですか？」

「当たり前だ。わしの命令は魏の皇帝陛下の命令だ。承服しないわけがあるか。だからもう戦さは終わりじゃ」

　ヒミコは一瞬驚きの表情を見せたが、すぐに喜びの表情に変わった。

「ああ、何ということでしょう。本当に戦さが終わるとは。天照様のおかげでございます。天照様は私の願いをお聞き届けくださったのですね。建中校尉様、有難うございます。有難うございます」

ヒミコは体中で喜びを表し、梯儁に何度も何度も礼を言った。

「そこでじゃ、帯方太守様に報告してお前を倭国の王に任命してもらおうと考えているがどうか」

突然梯儁はヒミコにそう言った。ヒミコは一瞬梯儁の言ったことの意味が分からず、は？　という表情を見せたが次の瞬間あわてて手を振りながら身を退いた。

「何を仰せられます。滅相もございません。私は王になどなれませぬ。人々が安寧に暮らせることだけが私の望みでございます」

「その考えが気に入った。われらが司馬将軍様の勲功により公孫淵の賊を誅伐し、この地にもう戦さが起きることはなくなった。お前も倭国を取りまとめ、もはや戦さの起きぬよう努めてくれ」

「建中校尉様。本当に戦さは終わったのですか？　信じてもよろしいのでしょうか？」

ヒミコは梯儁にもう一度確かめた。梯儁はヒミコを見下ろして笑った。

「疑うな。わしが倭の地のすべての王を集めて申し渡した。逆らう者など居る道理がない」

「ああ、戦さが終わる。何と嬉しいこと。心から感謝いたします。どうか平穏な日がいつまでも続きますように」

「よし。では追って任命の沙汰をする。体を労われよ。倭国王」

「いえ、それはまた別の話です。私は王にはなりませぬ。ご無理を仰せられますな」

ヒミコの言葉を聞く気もない梯儁は席を立ってイタ国に帰っていった。ヒミコは困惑した様子で座り込んでいる。そんなヒミコにナシメが笑顔で近寄った。

「ヒミコ様、よかったではありませんか。魏国はもう戦さをする気はないのです。われわれの望みはこの国を安寧にすることです。そのためにヒミコ様がこの国の王になられるのでしたら、これ以上望ましいことはありません」

「しかし、私は王の地位など望んでいません。これで本当に戦さがなくなるのでしょうか……」


こうして梯儁はヒミコを倭国王にすることを決めた。すぐさま帯方太守のもとに手紙を送り許可を求めた。太守は倭国が女王国になることを大変面白がり快諾した。梯儁はさっそくクラヒコをはじめとする各国の王にヒミコを倭国王とすることを触れた。この決定に表だって逆らう王はいなかった。

フツヌシたちにしてみれば狐につままれたような話だった。あれほど苦労して、命を懸けて続けてきた戦さが、帯方郡使の命令たったひとつで終わりになった。タケミカズチたちも梯儁が残した言葉に疑いを禁じ得なかった。突然戦さが終わるなど、にわかには信じ難い。

「統領、こんなもんなんですかね。あんなにいがみ合っていた王たちが、帯方郡の二千の兵の前には怖気づいて沈黙しちまうんですね。何年も命がけで殺し合ったのは何だったんでしょうね」

「まったくだ。いまだ本当のこととは思えぬ。しかし、これが力というものなんじゃろう。つくづくそげん思い知らさるるよ。強大な力さえあれば、これほど長引いた戦ささえ、たった一言で終わらせらるる。しかし何にせよ、戦さは終わった。もう誰も明日の命ば心配しながら生きる必要はのうなった。これでよか、これでよかったとじゃ。タケミカズチよ」

「そうですね。これが平和というものなんですね」

二人は何度も大きく頷いた。

そしてナシメとトシゴリが倭国の使者に選ばれた。梯儁は中国語が堪能なナシメを正使に決めたのだ。護衛役としては温厚で武術の使い手でもあるトシゴリが副使になった。二人は梯儁に連れられて洛陽に向けて旅立っていった。

この倭国の使節は魏の皇帝の大歓迎を受けた。当時の魏皇帝はまだ幼く、後見人に司馬仲達がついていたからだ。司馬仲達は自分の功績を強調するため、翌年の正月の朝賀の儀式には、他の大国の使いを差し置いて倭国使を最上位に立たせたと言う。

一年後の夏、日差しの降り注ぐ博多湾の海岸を、二千人の魏の大軍が行進していた。帯方郡の使者、梯儁たちの一行である。先頭には「帯」の字が大きく染め抜かれた軍旗を掲げた兵士、続いて鉾を持った兵士が進む。行列の中央には、十人の兵士に担がれた輿に乗る梯儁。その傍らを十数人のお付きの兵士が行進する。兵士の一人は小さな箱の入った包みをうやうやしく抱えている。箱の中に入っているのは、魏の皇帝から倭国王ヒミコに贈られた金印である。お付きの兵士たちの横には、はるばる魏の洛陽まで倭国の使者として旅をしてきた倭人、ナシメとトシゴリが歩いていた。行列の後方には、人夫たちが大きな櫃を何棹も運び、さらに護衛の兵士が続いている。櫃の中には、金印の他に魏の皇帝からヒミコに贈られた数多くの宝物が入っているのだった。

梯儁はナシメに声をかけた。

「ナシメ、お前の故郷はもうすぐだな」

「はい、梯儁様。ここまでくればもう着いたも同然です。長い道のりでございました」

「一年前になるな。お前が洛陽まで出発したのは」

「はい、早いものです。あっという間の一年でした。おかげで無事に戻ってくることができましたが、あのときはこれから何が起きるのかと不安でいっぱいでした」

「ははっ、そうであったか。はっはっはっ」

梯儁は高らかに笑った。

「突然、倭国の使者として魏の都、洛陽に行けなどと命令されれば、不安どころか恐ろしさに震えました」

「そうであろうな。わしとて最初に帯方郡に来たときにはあまりに遠い辺境で武者震いをしたものだ」

「それまでもヒミコ様の使いで帯方郡には行ったことがありました。しかし、都の洛陽は初めてでしたし、皇帝に拝謁するなど、どういうことになるのか皆目見当がつきませんでしたから」

「まあ、お前がわれわれの言葉を一番よく使えたからだ。それにわしの言うことをよくヒミコに伝えてくれた。おかげでわしも司馬将軍様に面目がたったというものだ。わしの説得がうまかったのもあろうがの」

「あれは説得ではありませんでしたぞ。梯儁様の命令を聞かなければ倭国は梯儁様に滅ぼされると思いましたぞ。倭国の国王たちも皆そう思ったに違いありません。ですから皆戦をやめたではありませんか。二千人の兵士が睨みを聞かせて。あれで梯儁様に逆らうことなどできるものですか」

「ははっ、そうだったかな。ははは」

笑いながら梯儁が振り返っていった。

「しかしナシメ、帯方郡から洛陽までは大変な旅であったろう」

「はあ、それは長旅でしたから。しかし、司馬将軍様のご命令で沢山の将軍様たちが次々と送ってくださいましたし、それぞれの宿場でお役人が手厚く歓迎していただきました。あんなにしていただけるとは思いませんでしたが」

ナシメは道中を回顧する目になった。

「それはそなたたちが唯の賓客ではないからだ。皇帝の徳を示す国家にとって大事な賓客なのだから、誰でも大切に扱うのが道理だ。それに司馬将軍閣下のきつい命令もある」

「我々はそれほどまでに司馬将軍様にとって重要な使いだったのですね」

「司馬将軍閣下にとっても大切だが、魏の皇帝陛下にとって重要な使いなのだ」

「それはお聞きしました。われわれが遥か絶遠の地から来たということで皇帝様の徳の高さを示すことになったとか」

「その通り。皇帝陛下の徳が高ければ高いほど、徳は遠くまで及び、その徳を慕って使いがやってくるのだ」

「しかし、我々が洛陽まで行ったのは司馬将軍様の命令だったのですがね」

「まあ、それを言うな。お前たちのおかげで皇帝陛下は自分の徳が高いことを国の内外に示すことができて大喜びであった。だから、朝貢の儀式にはほかの大国の使いを差し置いて、お前たちが一番に皇帝陛下に謁見したであろう。そして、こんな小さな国の王にすぎぬヒミコに『親魏倭王』などという破格の称号も贈られたのだ。しかも、この印章は金で、最も位の高い国王に贈られる印章だぞ」

梯儁は振り返って兵士が大事に抱えている小箱の包みを指した。

「はあ、それは有難いことですがね」

「なんだ、不服なのか?」

「いえいえ、とんでもございませぬ。私どももヒミコ様に面目が立つというものでございます」

ナシメは首をひっこめた。

ナシメたちと魏使の一行はようやくヤマダ国に到着した。ヤマダ国の城門は大きく開かれ、梯儁の訪問とナシメ、トシゴリの帰国を歓迎した。城門にはヤマダ国の印である太陽を染め抜いた軍旗が翻り、フツヌシたちヤマダ国の正規軍五百人が威儀を正して鉾を高く掲げた。梯儁の輿と下賜の櫃がヒミコの宮殿に入った。梯儁が奥の床几に座り、ヒミコはその前にひれ伏した。梯儁はヒミコを見下ろして上機嫌で言った。

「倭国王ヒミコ、久しぶりであったのう。息災で何よりじゃ。このたび倭国が魏国の都洛陽まで朝貢の使者を遣わしたこと、まことに殊勝な心がけとわが君も大いにご満足であった。更にその心根を愛でて、使者ナシメとトシゴリの帰路を丁重に送るようにという通達まで出された。かくてわしが帯方郡から倭国まで送ってきたという次第じゃ。合わせてわが君より倭国王ヒミコに対し多大の褒賞が下賜された。その伝達も行う。心して拝領せよ」

ヒミコは深々と平伏して礼を述べた。

「建中校尉様には遠路はるばるのご来臨、倭人一同心から歓迎申し上げます。またわが使者ナシメ、トシゴリを無事連れ帰りくだされたこと、改めて感謝申し上げます。私としましてはこれに過ぐる喜びはございませぬ。どうぞごゆるりと滞在なされて旅の疲れを癒されますようお願い申し上げます」

梯儁はヒミコの挨拶が済むと肩の力を抜いて語りかけた。

「歓迎の意向しかと受け取った。ついては、皇帝陛下からの詔書と下賜品の伝達式を行わねばならぬが、日柄は明日の方が良いと思う。場所はここで良いかの?」

「御意にございます」

挨拶の儀礼が終わると梯儁はヒミコの宮殿を出、城柵の中央の広場に作らせた豪華な仮の寝所で休息した。巨大な天幕には帯方郡の軍旗が何十本もはためき、いかめしい武装護衛兵が仁王立ちで周囲を取り囲んでいる。ものものしい光景はヤマダ国の人々の心に大国・魏の力と権威を焼き付けた。

翌日ヒミコの宮殿で伝達式が行われた。梯儁はヒミコの宮殿の三階奥の一段高い場所に立ち、魏皇帝の詔書を恭しく読み上げた。
「親魏倭王ヒミコに制詔す。……」
梯儁の声が宮殿に響き渡った。その内容はヒミコたちにとって思いがけないものだった。魏皇帝はヒミコに「親魏倭王」という称号を贈り、倭国全体の王として正式に認めるという内容だった。更にこれまた信じられないほど数々の財宝を土産にくれた。

まず梯儁が目録を一つ一つ読み上げる。副官がその品を櫃から取り出して高く掲げ、居並ぶヤマダ国の重鎮たちに披露した。取り出される品々の豪華さに、フツヌシでさえ息を飲んだ。ましてヤマダ国の人々にとっては生まれて初めて見るものばかり。魏の富と権勢を象徴する財宝の数々に人々は目を見張り、口を開けて見とれていた。輝くばかりに鮮やかな色彩の錦が何十枚もあった。そのほかに純白の絹五十匹、黄金八両、金銀で装飾された刀剣二振、金色に輝く銅鏡が百枚、貴重な真珠と同じく貴重な染料であるベンガラがそれぞれ五十斤。これらの宝物が居並ぶ者に向かって次々と披露された。そして最後に「親魏倭王」と刻印された純金の印章の箱が開けられると、梯儁からヒミコに直接渡された。ヒミコは恭しく拝領した。同時にナシメとトシゴリには銀印がそれぞれ授けられた。

財宝披露の儀式は進み、ヤマダ国の人々の感動と賛嘆の声の中、ひとりヒミコの心は穏やかではなかった。魏が彼女に与えた「親魏倭王」の称号にヒミコは強い責任感を覚えていた。思いもかけず倭国全体を総べる王という地位を与えられてしまった。今まではヤマダ国の人々だけを守っていればよかったが、これからはアズミ族すべての人々を守らなければならない。そのうえアズミ族以外の人々をも守る責任がのしかかってくる。しかし他のアズミ族の王たちがヒミコに従うかどうかさえ、はなはだ心もとない。ましてや他の部族はヒミコに従う気などまったくないだろう。ヒミコが魏を後ろ盾に倭国王になったがために、王たちの中には「親魏倭王」の称号を求めてヤマダ国の王になろうとする者も出るだろう。「親魏倭王」の称号は新たな戦さの火種になりかねない。だがヒミコはそこでひるむことはなかった。

「よし、これも天照様が私に与えた使命。倭国の人々を守って見せよう」

そう秘かに心に決め、手渡された金印の箱を見つめた。「親魏倭王」の金印と数々の宝物を伝授する儀式は滞りなく終わり、盛大な宴も催され、梯儁は満足して帰っていった。二千人の帯方郡兵士も去っていった。しかしヒミコの心には難問が重くのしかかっていた。いかにしてヤマダ国とは桁外れに広く人口も多い地域を倭国としてまとめ、そこの人々の平和を守っていくか。

五年ほどは平和な時が続いた。しかしその平和にも終わりが来た。イゴ国（為吾国・現福岡県宗像市）に七隻の大型船が突如現れたのだ。イゴ国はアズミ族の国の中では一番東にある国で、沖にある大島、沖ノ島を経由して韓半島に渡るルートの出発地として繁栄していた。その大型船からは、ひときわ体の大きな男が二人、二百人ほどの兵士を引き連れて降りてきた。先に降りてきた髭面で赤ら顔の若い男は岸に降りると振り向き、後に続くもう一人の男に向かって恭しくかしわ手を四回打った後から降りた男は白髪交じりで初老と見えたが、頑健そうな大男だった。船から降りるなりイゴ国の門の下まで来ると男たちは立ち止まり、若い赤ら顔は前に進み出て大声で言った。

「ここにおわすは中つ国の王、オオクニヌシさまであられる。わしはその息子、イズモのミナカタだ。オオクニヌシ様はイゴ国と好誼を交わしたいと思し召され、遠路お出ましになった。速やかに開門せよ！」

北部九州にあったアズミ族の国は魏の脅しでヤマダ国に恭順の意を表し、ヒミコにも従ったが、東方にはまだヤマダ国に従わないアズミ族以外の国も多数残っていた。その一つ、東の日本海沿岸の城柵国群に勢力を張っていたのは、宍道湖に本拠地を置く海人族、イズモ族だ。

イズモ族の先代の王は「スサノオ」と言って、特に武勇に優れた王だった。スサノオはイズモを襲撃してきたイタ国の軍勢を撃退したことがある。当時、毎年のように襲ってきては、食糧や人々を略奪するアズミ族にイズモの人々はただ怯えているだけだった。しかしある年、スサノオは計略を用いた。その年もイタ国の兵士は百人ほどの軍勢で襲ってきた。スサノオはイタ国の兵士たちと戦わず、食糧と人質をさしだした。そしてイタ国にこれからは毎年貢物をすることを約束し、恭順の姿勢を示した。倉庫には大量の酒の甕をあらかじめ準備しておいた。これはスサノオの計略だった。

　イタ国の兵士たちは戦わず勝利したこともあって、イズモの人々を見くびり油断していた。酒をしたたか飲み、酔いつぶれたイタ国の兵士をスサノオはすかさず襲い、百人とも皆殺しにした。そしてイタ国の統領の持っていた剣を戦勝の証しに身に着けた。天叢雲剣（あめのむらくものつるぎ）と呼ばれる剣である。この逸話が後にスサノオのヤマタノオロチ退治の話になった。ヤマタノオロチとは「ヤマダのおろかな衆」という意味だ。イタ国はその後、ヤマダ国に吸収されたので、イズモでは「ヤマダ国の愚かな衆をやっつけた話」として語り継がれ、そののち、大蛇退治の神話に変化した。長い歴史の中で、アズミ族の兵士がイズモ族に大敗したのはこの時だけだった。それ以来、アズミ族の兵士は敵地で酒を飲むことはしなくなったという。その後、スサノオはイズモの王となった。その後を継いだのが現在のオオクニヌシだ。オオクニヌシも積極的に勢力の拡大を図って北部九州に乗り込んできたのだった。

　イゴ国王はミナカタの言葉を聞いて慌てた。前触れもなくイズモ族が現れて、好誼を交わしたいなどと言う。しかも引き連れてきた軍勢は二百人にもなろうという大軍だ。イゴ国の兵士は百人ほどしかいない。イゴ兵士は鉄の武器を装備していて、それはイズモ兵士の青銅の剣よりははるかに強力な武器であったが、二倍の兵力では勝利はおぼつかない。できれば事を起こさずオオクニヌシには引き取ってほしかった。長老がイゴ国王に言った。

「恐れながら、あの軍勢と戦えば相当な被害が出ます。できるだけ穏便に引き取ってもらえるよう友好的に交渉するのが得策と心得ますが」

「しかし、アズミ族とイズモ族が好誼を交わすなど聞いたこともないぞ。オオクニヌシが何を望んでいるのかが知りたい。城門を開ける前にイズモの本音をただして来い」

そう命令されて長老は供の者を連れて恐る恐る門から出て行った。しばらくして帰ってきた長老は嬉しそうにこう言った。

「国王様、ご安心ください。オオクニヌシは比売を一人もらいたいと言っております。要するにイズモとイゴは夫婦の縁を結び、同盟を強化しようということだそうでございます。その証に莫大な土産を持ってきたそうです」

そう言って長老は大きなヒスイの勾玉を王に差し出した。

「これは挨拶代わりとして王様に奉るものだと言って託された土産の一部です」

それはイズモの同盟国コシでしか取れない深い緑色をした最上級のヒスイであった。

「好誼を交わせばもっとたくさんのヒスイをくれると言っているのか」

「はい、その通りです」

それを聞いたイゴ国王は半信半疑ながら、イズモが攻撃してくる恐れはないかと何回も念を押した。しかし長老は「その心配はない」の一点張りで「婚儀を進めるべし」と進言した。

そしてイゴ国の門は開かれ、オオクニヌシたちの一行が城柵内に入ってきた。宮殿の一番奥の国王の間でイゴ国王はオオクニヌシを迎えた。オオクニヌシはイゴ国王の前に三方に乗せた大量のヒスイを差し出した。イゴ国王はそのヒスイに目を丸くした。

「ミナカタから好誼を交わす証しに比売をわしの妃にとお願いしたが、申し出を受け入れていただけたのだな」

「うむ、イズモ族と縁を結ぶのはアズミ族としていかがなものかと思ったが、たってのご希望とあればイズモ族と縁を結ぶのも悪いことではなかろうと思う」

イゴ国王はヒスイに心を奪われていた。

「では、縁組を承諾していただけたのだな」

そう言うとミナカタはイゴ国王を睨みつけた。イゴ国王はうなずき、後ろに控えていた長老に比売を連れてこいと合図をした。その合図で宮殿の奥の間から一人の比売がお付きの侍女に手を引かれて現れた。比売はオオクニヌシの前にひれ伏した。イゴ国王が紹介した。

「娘のタゴリ比売じゃ」

「おお、美しい比売であるのう」

オオクニヌシは満面の笑みを浮かべて比売を見た。比売は伏したまま顔を上げようとはしなかった。揃えたその手は震えていた。

それから宴が始まった。親に言い含められ、恐る恐る未来の伴侶の前に出たタゴリ比売はまだ十三歳だった。この時代の十三歳は立派な大人だったが、突然自分の夫になるという男に引き合わされたので動転していた。しかもおずおずと見たところ、その伴侶は老人で、しかも恐ろしい形相をした大男だった。タゴリ比売は失神寸前だった。それでも必死に引きつった笑顔を作り父親の言うとおり、オオクニヌシの隣に座って未来の伴侶にぎこちなく酌をした。

「さすがイゴ国はあちこちと交易で栄えている国じゃのう。見たことも食べたこともない料理が並んでおる。いや、満足じゃわい」

オオクニヌシは上機嫌だ。その夜、タゴリ比売はオオクニヌシの妻になった。翌日オオクニヌシたちはタゴリ比売を残してイズモへと帰って行った。当時の婚姻は現在と違い、夫婦が同居するとは限らない。ましてやオオクニヌシとタゴリ比売などのように政略結婚の場合、妻は実家に住み続けるのが普通だった。

それから二か月後、今度はオオクニヌシの息子ミナカタが七隻の船を引き連れてイゴ国にやってきた。ミナカタはまた多くのヒスイを土産に持ってきた。イゴ国王はイズモ兵士を歓迎し城柵内に招き入れた。ミナカタはイゴ国に入場した兵士二百人を全て整列させた。そしてイゴ国王の宮殿に入り大きな声で言い放った。

「イズモ国とイゴ国は夫婦の契りを交わし、強い絆で結ばれた。これからはイゴ国の守りも我らイズモの軍団が担うこととする」

そう言うとイズモ兵士はぐるりと王宮を囲んだ。驚いたのはイゴ国王だった。突然イズモ兵に王宮を囲まれてしまったのだ。宮殿の中には十人に満たない護衛兵しかいない。自分が孤立させられたのに今気づいた。ミナカタは改めて振り返るとイゴ国王に向かって言った。

「イゴ国王、これからはイゴ国の守りはわれらイズモ兵が担うこととする。速やかに武器庫を開き我が兵士に武器を渡せ。イゴ国の兵士は今後国の守りに着く必要はない。すべてイズモの軍団にお任せあれ！」

そうして王を事実上の人質に取ったうえで武器庫を開けさせ、イゴ国の鉄鉾、鉄戈を奪いイズモ兵に装備させた。イゴ国は体よく武装解除されてしまったのである。その後、イゴ国王は王宮を明け渡し、ミナカタは王宮の玉座に座った。イゴ国はイズモに乗っ取られたのだった。その夜、ミナカタは父の妻であるタゴリ比売に夜伽をさせた。年若いタゴリ比売にはどうすることもできなかった。そして、間もなくイゴ国王は自分の非運を嘆きながら死んだ。

イズモのオオクニヌシは、コシ国（越国・現北陸・新潟）の女王ヌナカワ比売を妻に迎え、今回イゴ国のタゴリ比売も妻に迎えて広大な地域に勢力を張った。オオクニヌシの息子、ミナカタはイゴ国に本拠地を構えると自分の名を取って国の名をムナカタ国（宗像国・現福岡県宗像市）と改めた。イズモがムナカタ国を支配下に治めたのには目的があった。沖に位置する大島、沖ノ島を経由して、カヤの鉄を手に入れようとしたのだった。

イゴ国がイズモに乗っ取られたという知らせを聞いて、ナシメは前々から考えていた構想を実行に移す機会が到来したと思った。自分のやり方なら、ヒミコの言う戦さのない国を実現することが出来ると信じていた。

「魏の大軍は一瞬にしてアズミ族の戦さを抑え込んだ。力さえあれば戦さをやめさせることはできる。しかし、魏の力でヤマダ国の勢力下に入ったのはアズミ族の国々だけだ。未だイズモ族の支配する中つ国はヤマダ国に敵対している。それらの国々もヤマダ国の支配下に入れなければ戦さのない世の中は実現しない。何としてもイズモ族をヤマダ国の支配下に入れなければならぬ」

魏の大軍がアズミ族諸国の内乱を一瞬にして抑え込む光景を目にして以来、ナシメはその記憶に囚われていた。そんな折、イズモはイゴ国を消滅させムナカタ国とするという暴挙にでた。これはイズモ族を攻撃する絶好の口実になる。ナシメは早速ヒミコのもとへ赴いた。

ヒミコも四十五歳近い年齢になって病の床に伏せることが多くなっていた。当時の平均寿命は今とは比べ物にならないくらい短く、四十五歳は十分に高齢だった。祭壇でのマツリゴトも幼いながら霊感が強い姪のトヨが代理を務めることが多くなった。

その日もヒミコは床に伏せっていた。

「ヒミコ様、イズモのオオクニヌシがイゴ国を息子のミナカタに乗っ取らせ、国の名前までムナカタ国と変えてしまったことはご存知ですかな」

ナシメの言葉にヒミコは顔色を変え、眉根をひそめた。

「いいえ、聞いておりません。そのような暴挙に出てきたのですか。アズミ族の諸国は戦さをせぬように抑えこめたが、今度はイズモ族が反抗してきましたか」

「そうです。その上、カヤでイタ国の水軍とムナカタ国の水軍がぶつかって小競り合いが起きたという知らせも届きました。イズモ国はカヤで鉄を手に入れようとしています。今は銅か石の武器しか持っていないイズモが鉄の武器を装備するのは時間の問題でしょう。まさしく新たな火種ができたということです」

「そんなことが起きていたのですか。イズモ族との戦さとなれば、どれだけ多くの人が死に、路頭に迷うようになるか計り知れません。アズミ族の国王たちと争うのとはわけが違う。困ったことになりましたな」

「もう冬ですから、イズモもすぐに攻めてくることはありますまい。しかし遠からずカヤの鉄を手に入れて鉄の武器を装備すればイズモ族が戦さを仕掛けてくるのは必定ですぞ。今のうちに何か対策を講じねば」

ヒミコは寝床に起き上がり咳をした。

「どうすればヤマダ国の人々を守れるか、フツヌシ殿とも相談せねばなりませぬな」

「私がフツヌシ殿と話しましょう」

第５章　天空の道

月が姿を消す新月の夜、フツヌシはナシメの家に呼ばれた。中に入るとナシメは酒を飲んでいた。

「おう、来られたか。まあ座ってくれ」

そう言うとナシメは杯を差し出しながら、側女にフツヌシに酒を注ぐように目で合図をした。ナシメの側女はフツヌシに微笑みながら酒甕を抱えてにじり寄ってきた。注がれた酒をフツヌシは一気に飲み干した。果物の香りがした。フツヌシが芳香に感心していると、ナシメは笑ってこう切り出した。

「のう、フツヌシ殿よ、お主に来てもらったのは他でもない。使いに行って欲しいのだが」

「使いですと？　どこへ使いせよと仰せかな」

「イズモだ。オオクニヌシに中つ国を譲れと談判をしてきて欲しい」

「ほほう、なかなか面白か使いですが、そのような申し出をオオクニヌシが承知するはずがなかでしょうに」

　フツヌシはさらに杯をあけながら大声で笑った。その笑いには取り合わずナシメは真顔で言った。

「そうかもしれぬ。しかし、おぬしも知っておる通り、イズモのオオクニヌシは息子のミナカタを使ってイゴ国を乗っ取った。狙いは大島、沖ノ島。そしてそれらの島々を経由してカヤの鉄を手に入れることにある。もし、イズモが鉄を大量に手に入れ、鉄の武器を持つことになったら、それはとんでもない脅威になる」

「それはそげんですな。イズモや中つ国が鉄の武器で装備を固めれば、我々の武力に追いついてきます。イズモが戦さを仕掛けてくる可能性は増しますな」

「そうであろう。それはどうしても止めねばならぬであろう。しかも、おぬしも知っておる通り、ヒミコ様は戦さのない国を作るとも言われる。わしもその願いを是非叶えて差し上げたい」

「ナシメ様も戦さのなか国ば作れるとお考えか？」

「そうだ。しかしヒミコ様の言われるように、人が全く死なずに戦さのない国を作るなどということは夢物語だ。絵空事だ。現実とはそんな生易しいものではない」

　ナシメは右手の杯をグイと飲み干した。

「しかしな、一つだけ現実的な道がある。先に帯方郡の軍団が来て、倭国の王たちがそれまでの戦さをやめた時、わしは気付いたのだ。圧倒的な力があれば人は従う。のう、フツヌシ殿、倭の地から戦さをなくすためには、わしらがこの倭国を全て支配することが肝要だと気付いたのよ。天道様の教えを守るわしらが強大になり、倭国を全て支配下におけば、戦さはなくなる。」

「圧倒的な力ですか」

「そうだ。いまは魏の後ろ盾も得て、アズミ族の国々が逆らうことはなくなった。あとはイズモを支配できれば、この倭国内にわれわれに対抗できる勢力などなくなる。倭国に戦さの種は無くなる。もしイズモが我々に従うことになればこれが最後の戦さになるのだ」

「しかし、イズモは中つ国を支配する強大な勢力ですぞ。おいそれとわれらに屈するとは思えません。イズモと戦さになればまた多くの兵士が死ぬことになりますぞ。そのようなこと、ヒミコ様はお許しにならんでしょう」

「確かに戦さになれば犠牲も出よう。しかし考えてもみろ。いずれイズモは鉄の武器で武装して我々に挑んでくる。これはは火を見るより明らかだ。そうなればヤマダ国には屍の山が築かれる。そうなる前にイズモを我々の支配下に取り込めば、われらの犠牲は最小限に抑えられる」

ナシメは必死にフツヌシを説得しようとしている。

「ヤマダ国の民の多くを守るためじゃ。全く犠牲を出さずに民が守れると考えるのは愚かなことだ。そこでおぬしに頼みたいのじゃ。このような大仕事はおぬししかできぬ。できるだけ犠牲を少なくして、イズモを屈服させるにはどうすればよいか考えてほしい」

フツヌシはこの世から戦さがなくなればよいとは思ってきた。しかし、現実に今までしてきたことは戦さまた戦さの連続であった。ナシメが言うように、本当に戦さを終わらせようとするなら、国土の隅から隅まで全て支配しなければ達成できないのかもしれない。しかし、部下の兵士が死ぬのはもう見たくないというのも切実な思いだった。昔のフツヌシなら考えなかったことだった。フツヌシは杯を突きだしてもう一杯注げと側女に催促した。四杯目の酒を飲みながら、フツヌシの眼は大きく見開いていた。

　その翌日、フツヌシはタケミカズチたち三人の隊長を呼んだ。フツヌシが作戦について、部下の意見を聞くことはほとんどない。それだけに、集められたタケミカズチ、ハヤヒ、イクメら隊長たちは、今回の戦さがいつもの戦さと違うのだと感じていた。イクメが眉根を寄せた。

「イズモを従わせる。そのためにイズモに行けと？　ナシメ様はそう言われるとですか」

「ああ、そうじゃ。おれもイズモが我々に従うて、戦さの無か国が本当にできればよかとは思う。しかし戦さの無か国どころか、イズモは近々攻めてくる恐れさえある。またヒミコ様が言わるるとおり、戦さをすれば多くの兵士が死ぬ。それはどげんしても避けたか。戦さをせず、イズモば従わするこつができれば、それが一番よか。ばってん、どうすればそげんこつができるか。今日はお前たちみんなの知恵ば貸してもらおうと思う。要するに、兵士を死なせずイズモば従わせる作戦があるか。それについてみんなの意見ば聞きたかとじゃ」

「そげんですな。部下が死ぬのはもう耐えられませんけんな」

　イクメがそう言うと、タケミカズチたちは皆深く考え込んだ。しばらくの沈黙の後イクメが重い口を開いた。

「確かに圧倒的な兵力で攻め込むなら、イズモに勝つこつはできるかもしれまっせん。ですからイズモの兵力に対して圧倒的な兵力を動員できるかをまず考えねばなりません。イズモ国だけなら兵士は多くて五、六百人ていうところでしょう。近くの傘下の国の兵ば合わせるとさらに二百人ぐらい、合わせて八百人というところです。それに対して、我々がイズモに連れて行かるる兵力は千人が精いっぱいですばい。我々ヤマダ国と、イタ国、ナ国の水軍三百、兵士は七百と考えにゃならんでしょう。国の守りに半分は残さんとならんですけん、その程度が限界ですばい。これで圧倒的な兵力と言えますかな」

「他のアズミ族の水軍は使えんか?」

「他のアズミ族は心から信じることはでけんですばい。短か間の戦さなら、我々の指図にも従うでしょうが、長か戦さとなれば、日ごろから我々ばよう思うとらん奴らが逆らうかもしれません。真に信じてよかとはヤマダ国、イタ国、ナ国の兵士だけでしょう」

「おれもそげん思います。他の国の兵士ば信じ過ぎるは危うかです」

ハヤヒは首を横に振った。そして付け加えて言った。

「しかも、ナガトからコシまでを支配するオオクニヌシですばい。半月あればさらに千人ぐらいの兵士ば集むるこつは簡単でしょう。そうなればイズモに我々が降伏するこつになるばい」

タケミカズチがさらに付け加えた。

「戦さを全くしないで済むと考えるのは現実的ではないでしょう。敵、味方の犠牲が出ない程度の小さな戦さで終わらせることが重要です。大きな戦さをしないで降伏させるには奇襲をかけて敵に戦さの準備をする余裕を与えないのが一番ですが、イズモを攻めるのに奇襲は難しいです。玄界灘は外海ですから波も高く、船では時間がかかりすぎます。マツロ国の港を発ってイズモまではどう急いでもひと月、波が高かったら、さらに十日は必要です。その間にイズモの奴らに我々の動きを知られると、イズモは兵力の増強をしてしまうでしょう。戦わず降伏するなどあり得ないことになります」

ハヤヒはさらに追い打ちをかけるように続けた。

「その上、イズモまで行くなら、途中の小競り合いも考えておかねばなりまっせん。

なぜなら、その道筋は、この間ミナカタに奪われたイゴ国、いや今はムナカタ国だな、そのムナカタ国も含めて、オオクニヌシの息のかかった土地ばかりですばい。イズモに行くにはこれらのムナカタ国や、ナガト国の海岸ば東に上って行く訳ですけん、それらの兵士と戦さになるのは覚悟せんとでけんですばい」

「それらの国々に知られずイズモまで行くのは無理か?」

フツヌシはタケミカズチの方を見た。タケミカズチは残念ながらという風に頷いた。

「それらの国に全く気付かれずに行くことは無理でしょう。そうになればオオクニヌシに我々の動きが知られてしまうということです」

タケミカズチがさらに付け加えた。

「戦さにならなくても、毎日休む場所は間違いなく要ります。それも敵の地ではままならぬでしょう。夜も十分に眠れぬなら、兵士は気力が無くなり、千人連れて行っても百人分も働かないことさえあり得ます。とても圧倒的な兵力などと言えんことになります」

隊長たちは慎重だ。こういう隊長だからこそ信用できる。フツヌシは常日頃そう思っている。フツヌシはしばらく黙って考えていた。そしておもむろに口を開いた。

「ていうこつは、ムナカタ国やナガトの国に気づかれずにイズモに奇襲ばかけて、オオクニヌシが中つ国の兵士ば集むる前に決着できれば、兵士ば死なせずにイズモば従わするこつができるかもしれんていうこつだな」

　フツヌシが答えを出した。それを聞いて三人の隊長はフツヌシがそれだけの困難を承知で、なおこの作戦を諦めていないのだと知った。最後の戦さ。フツヌシはそう考えている。しかし、タケミカズチはじめ隊長たちの言っていることは皆尤もなことで、誰もがこの作戦は無理だと思っているのは明らかだった。

「イクメ、何かよか知恵はなかか」

　フツヌシは少しの沈黙の後に聞いた。

「そげんですね……」

　イクメが思慮深げな面持ちで答えた。

「いいえ、策と言わるるかどうか。ただ、統領がさっき言われた、オオクニヌシが兵士ば集むる前に、ムナカタ国やナガト国に気づかれずにイズモに攻め込む方法が一つだけあるにはあるかと」

「ほう、聞かせてくれ。その策とやらば」

他の三人も目でイクメを促した。イクメは皆の目を見ながら言った。

「それは北の海ば通らずにイズモに攻め込む方法です」

「そげん方法があるとか？」

ハヤヒの信じられないという顔に向かってイクメは頷いた。

「鳥になって天をば翔けて行く」

「鳥？　天？　空ば飛んでいく気か？」

タケミカズチたちが驚きの声を上げた。

「そうじゃ。北の海ば通らんでイズモに攻め込む道がある。わしが前から瀬戸内に行く道筋として考えとった道だ。ムナカタ国がイズモ族の手に落ちたと聞いてから、どげんかしてあそこば通らんで瀬戸内に行く手立てはなかかと考えとったのよ」

「鳥になって天を翔けるとは、どげんするとか？」

ハヤヒが再度確認した。イクメは笑って答えた。

「はは……。よかか。筑後川ば遡って行けばどこに着くか？」

「ヒタの国（日田、現大分県日田市）じゃろが」

ハヤヒが答えた。

「それより先は？」

イクメは一同を見まわしながら続けた。

「九重に行くのよ。九重山の麓まで遡るこつができるとハヤミ国（速水国・現大分市）の商人から以前聞いたこつがある」

「九重に行くんか。ハヤミ国の商人は九重を通って来とったんか。というこつは……」

「そげんたい。九重まで行けば、少し先から今度は大分川ていう川の源流があるそうでな。その川に乗れば、ハヤミ国まで下らるるていう話だ」

イクメはもう一度皆の顔を見回して、念を押すように言った。するとハヤヒが不思議な顔をして聞いた。

「船は九重から大分川まではどげんする？　空ば飛ぶ船は無かぞ」

「そこよ。ハヤミ国の商人たちは大分川の源流で船ば下りて、筑後川の源流まで船ば担いでくるて言うとよ。鳥が峠ば飛び越えてゆくようにな」

「なんと。船ば担いでか」

「そげんたい。その間ははるか高みの天の草原とでもいう道ば歩くばってん、たった十里（当時の里数・現在の五キロ）ばかりていう話じゃ。わしが鳥になって天を越えると言うたんはそのこつよ」

「船ば担いで山越えか。御笠川と、宝満川の間の峠は船ば引きずって越えるが、今度は担いで天の草原ば越えて行くわけか」

そう言ってハヤヒが愉快そうに笑いだした。

「そうか、それはよか。そげんすればムナカタ国を通らずに瀬戸内に行けるかもしれん。船を担いで峠を越えて行くか。それは気づかんかったな」

イクメの思いもかけない考えにタケミカズチも頷いている。

「ところで、イクメ、ハヤミ国に出られれば瀬戸の海には出られるだろうが、瀬戸の海からイズモへはどう行くのだ？」

フツヌシが肝心な点を衝いた。イクメは得意そうに答えた。

「同じこつばします」

「同じこつ？」

ハヤヒが首をかしげる。イクメは頷いて語り続けた。

「よかか、キビ（吉備・現岡山県総社市）には高梁川ていう川がある。この川ば遡ればホウキ（伯耆、現鳥取県）の剣森山ていう山の麓まで遡れる」

「剣森山な」

ハヤヒがなるほどという顔をした。

「剣森山の麓まで行って、また船ば担いでやはり十里ほど高みの峠ば歩いて越えれば、大倉山ていう山の麓で日野川ていう川の源流に出られる。日野川に船ば浮かぶれば、後は一息にイズモの目と鼻ん先、ミホの城柵に下る。この道筋はキビの商人に昔聞いたこつがある」

イクメの言葉に隊長たちは膝を叩いて頷き合った。タケミカズチもフツヌシの方に向き直って言った。

「イクメ兄貴の言われる通りだとすれば、イズモにこちらの動きを知られることなく、いきなり敵の喉元に刃を突きつけることができます。十分な準備もできんうちに不意打ちを食らえば、いかにオオクニヌシでも何もできないでしょう」

ハヤヒは何度も頷いた
「この道筋は、ほとんど川と海ば行く。しかも、海ていうても瀬戸の海しか通らん。長年瀬戸内の国々と商売ばしてきたけん、我々は瀬戸の通り方をよう知っとります。陸ば行かねばならんのは九重の峠と大倉山の峠だけで、その距離はそれぞれ十里ばかりじゃろう。そんぐらいなら、船ば担いでも半日もかからずに峠を越えられるじゃろう」

「いや、待て」

　フツヌシが制した。

「そげん簡単ではなかぞ。ハヤミ国の商人が乗ってくる船は二、三人乗りの小さか船だろが。担いだところでたかが知れとる。しかしおれたちの船はその何倍も重か。五里、十里といっても簡単に越えられるものではなか」

　フツヌシの意見にタケミカズチが頷いた。

「そうだったな。おれたちの船を担ぐとすれば三十人の兵士だけでは担げんなあ。ていうことは船一隻を運ぶのに他の部隊の助けを借りねばならん。おれとハヤヒの部隊で助け合うとしても二往復することが必要だな。それに積んである武器や、兵糧を運ぶ人数も要るな。もう一往復せねばならんな。船二隻で三往復。これは大変な行軍ですね」

　イクメがその通りという顔をした。

「やっとわかってくれたか。この作戦には少人数で担いで山越えできる軽か船が必ず要るとです。千人の兵士ば連れていくとするなら四十隻はいるじゃろう」

「そうだな。四十隻の新しい船を造るとすれば何年かかるかわからんなあ」

タケミカズチも首をかしげた。そこへハヤヒが新しい提案をした。

「いやいや、そげんおおごつではなかですばい。今我々が持っとる船ば削りなおして軽うすればよかでしょう。何も船ば新しく作るばかりが能じゃありまっせん」

ハヤヒの提案にイクメが目を見張った。

「おお、なるほど。そりゃ思いつかんかった。そうよな、今持っとる船を軽うすればよかな。イタ国、ナ国の船も集めれば四十隻ぐらいはあろう。ハヤヒ、お前もたまにはよかこつば言うな」

イクメは膝を叩いた。

「われわれは鉄ば持っとります。鍛冶屋たちに、できるだけ多くの斧ば作るごつ頼みますばい。船を削る斧はどれだけあってもよか」

ハヤヒは褒められて気をよくして言った。

「船大工に何処をどう削れば軽うて壊れにくか船になるか聞いてみますばい」

するとまたタケミカズチが質問した。

「イクメの兄貴、確かに北の海を行くよりは危険は少ないかもしれぬが、途中、キビの城柵の前を通らねばならぬであろう。キビはイズモとは関係の深い国、キビの城柵が黙って通してくれると思うか？」

イクメが答えた。

「キビから北を進むんは夜にする。昼間は川の上に茂る木の陰に隠れ、夜の闇に乗じて漕ぎ上がる。幸い船は大きか音ば立つるこつはなか。それにキビの城柵は川からは少し離れておる。敵に気づかれずに進むこつも出来るはずだ。キビからミホまでさっき言った川の道ば通れば七、八日もあれば行き着けるじゃろう」

イクメたちが次々に意見を言った。フツヌシは皆を見回して言った。

「わしもヒミコ様の言う戦さのなか国を作って差し上げたかて思う。もしそれが本当に出来るこつであるなら少しの危険は冒しても構わんて思う。イクメの策なら犠牲ば出さずイズモを降伏させるこつができるかもしれんな」

「戦さをせんで済めばよかばってん、万一のため武器は十分に用意した方がよか。鉄鉾、鉄戈も足りんですな。鉄鉾、鉄戈合わせて千本備えねば」

「弓と矢はどれだけあってんよか。これもできるかぎり多く作らせんと」

「次は兵糧だの。干し米、稗、粟、栗の粉。鵜匠と鷹匠もできるだけ連れて行かねばなるまい」

評定が終わりフツヌシはイズモ遠征が実行可能な計画であることを確信した。

フツヌシとタケミカズチたちはナシメと共に床に伏せっているヒミコの所に上がった。ナシメは恭しくヒミコに進言した。

「先日お話していたイズモの脅威を取り除く策についてフツヌシ殿たちが良い案を出してくれましたのでお聞き入れくださりたく存じます」

ヒミコは寝床に起き上がってナシメとフツヌシの顔を交互に見つめた。

「イズモの脅威を取り除く良い策がありますか？」

ナシメはヒミコの眼を見据えて答えた。

「はい、イズモのオオクニヌシに中つ国を譲るよう申し入れます。オオクニヌシが我々に従えば、もう我々を襲ってくる国は周辺にはなくなります。もはや戦さは起きませぬ」

「オオクニヌシに中つ国を譲れと言うのですか。それはイズモと戦さをするということでしょう」

フツヌシが隊長たちと検討したイズモ遠征の作戦を説明した。ヒミコは大きく呟き込んだ。ナシメはさらに詰め寄った。

「確かにオオクニヌシがすんなり国を譲るとは思えませんが、イズモが兵力を整える前に圧倒的に優勢な兵力で攻め込めばオオクニヌシが戦わず降伏することもあると思います。フツヌシ殿の策はイズモ側が思いもよらぬ奇襲をかけるということです。成功の可能性は高いと思います。うまく行けばこの戦さが最後の戦さになります」

「しかし、イズモに攻め込めば多くの兵士が命をなくすことになりませんか」

最後にフツヌシは付け加えた。

「戦さはやってみなければ分かりませんが勝算はあります。今申し上げた策を用いれば、万一戦いになっても味方が死ぬことは避けられましょう。なぜなら敵が戦さの準備ができぬうちに圧倒的な兵力差を持って奇襲が掛けられれば、戦さが始まる前に勝敗が決まるでしょうから。」

「さすがに数々の戦さを戦ったフツヌシ殿ですね。戦さとはそのようなものですか。機先を制すれば戦さにはならず、イズモが負けを認め、もはや攻撃してこないこともあると」

そうつぶやくとヒミコは暫く黙って考えていた。フツヌシたちはヒミコの答えを待った。長い沈黙の後、ヒミコはようやく口を開いた。そして自分の言葉を確認するように一言、一言、ゆっくりと話し出した。

「フツヌシ殿を信じましょう。とにかく、戦さはヤマダ国の人々を守るためのものです。フツヌシ殿、難しいことでしょうが、ヤマダ国の兵士をとにかく死なせることなくイズモの脅威を取り除いてくだされ。そして平和が来た後も、将来に禍根を残すことのないようにしてくだされ。くれぐれも頼みます」

ヒミコはたじろがぬ視線でフツヌシの眼の奥を見すえた。

「では我々のご提案はお聞き入れいただけますな」

ナシメが言い、フツヌシは大きく頷くと四回かしわ手を打った。タケミカズチたちもそれにならってかしわ手を打った。

幸いにして、その春イズモからの襲来はなかった。ただちにそれぞれの隊長は遠征の準備にかかった。急がねばならない。イズモに出陣するのは夏が最適だからだ。夏が来る前に準備を終わらせなければならない。二百丁の斧が突貫作業で製造され、それを使って兵士たちはこれまで使ってきた船の内側を削り、舟壁を薄くしていく。四月の終わりには四十隻の軽い船が完成した。

また、鍛冶屋たちはありったけの鉄を使って三百本の新しい鉄鉾と鉄戈を鍛え上げた。古い武器もすべて鍛えなおし、新品のように鋭利になった。また、弓千本と矢十万本も準備された。また、食糧として米やドングリの粉が集められるだけ集められた。イズモに進軍するまでひと月はかかる。その間、千人分の食糧が必要だ。もちろん、長い遠征をする時、すべての食糧をあらかじめ用意し運搬することは不可能だから、食糧の調達部隊が同行し、魚や鳥を捕えて食糧を補給する。一番頼りになるのは鵜匠と、鷹匠だ。鵜匠は鵜で海や川の魚を取り、鷹匠たちは鷹を使って鳥やウサギなどの獣を捕える。これらの準備も五月の終わりには完了した。紀元二四六年のことである。

夏が近づいていた。戦さの準備を整える一方、フツヌシはキビの情報収集にも余念がなかった。

「タケミカズチ、イタ国の商人たちにキビ国の様子ば探らせてくれ。イズモに悟られぬように気をつけてな」

「商人たちに探らせてもいいんですが、それよりおれたち自身が瀬戸内に出て探った方が確実でしょう。自分で通ってみて、道がどんな様子か下調べをしておくことも無駄ではないです。特に船を担いで天の道を越えるとなると何が起きるか試しておきたいと思いますから」

言いながらタケミカズチはにこりと笑った。

「イクメの兄貴とおれがキビまで行きましょう。おれの部隊三十人の兵士を連れて行きます」

タケミカズチとイクメたちは出かけていった。そして半月後に帰ってきて報告した。

「統領、戻りました。わしの考えた道筋はやっぱり最高の道筋ですばい。誰にも気づかれず、瀬戸の海に出て、誰にも気づかれず、キビまで行かるるです。キビの様子も探りましたが、不穏な気配は全くなかです」

「軽くした船は何とか二十人で担げます。峠越えも楽々とは言いませんが出来んことではないです」

そう言うとイクメとタケミカズチは自信に満ちた顔で笑った。

出発の朝が来た。梅雨明けの空は晴れ、初夏の日差しが筑後川の川面にあふれていた。七月の初旬、フツヌシは東の空を睨んだ。フツヌシを総統領としてヤマダ国連合の兵士合計千人でイズモに向かう。フツヌシ自身を含め、タケミカズチ、イクメ、ハヤヒたち四人の軍団長が十隻ずつの四つの船団を組む。船にはヤマダ国のシンボルである太陽が描かれた軍旗が翻っている。

フツヌシは先頭の船に立ち上がり、見送るヤマダ国の人々を見ていた。岸辺で見送る人々の先頭でナシメとトシゴリが手を振っていた。その後ろには老若男女のヤマダ国の人々がフツヌシたちの四十隻の船団を見送ろうと集まっていた。その中でアザミはひとときは激しく手を振ってハヤヒを見送っていた。ヒミコとタマモ、トヨの姿は見えなかった。どこかで皆の無事を祈っているのだろう。やがて船団はヤマダ国の人々の前を筑後川の上流へ向かって遡って行った。

フツヌシが出発するのをヒミコとタマモとトヨは宮殿の三階で見送っていた。

「タマモよ、これで良かったのかのう。私は大きな間違いをしたのかもしれぬ」

「姉様、何を間違ったと言われるのです。ヤマダ国の人々を守るためにフツヌシ殿たちは出立したのではなかったのですか」

「そうです、伯母様。ヤマダ国の人々が本当に平和に暮らせるなら、これより良いことはないと思いますが」

「私もイズモの脅威からヤマダ国の人々を守らねばという気持ちから、フツヌシ殿たちにイズモと談判することを頼んだ。しかし、もし、オオクニヌシに談判をするのであれば、私が自分で行くべきであったと思う」

「何をおっしゃいます。姉様の今のお体でイズモに行くなどもってのほか。途方もないことです」

「しかも戦さになれば必ず兵士に犠牲が出る。イズモの兵士たちにも死者が出るであろう。やはり人が死ぬことをよしとしたのは天照様の御心に背くものであったのではないか」

「しかし、放っておけばイズモが攻めてくるに違いないと聞きました。それを防ぐためには是非もないことではないですか」

「本当にこれ以外に打つ手はなかったのだろうか」

　ヒミコの胸の内は重かった。

一方、フツヌシたちは順調に予定のルートを進んだ。最初の同盟国、ヒタ国を過ぎ、数日で九重山の麓まで漕ぎ上った。比較的天候にも恵まれ、頂上が青く霞む九重山が美しく雄大な姿を見せていた。その麓を回り込むように流れる筑後川の支流をできるだけ遡ったところで船を陸に揚げる。そしてその船を二十人で担ぐ。船を担いでいる兵士たちの武器や食料などの積荷は残りの兵士が担ぐ。十里ほどの草原の道を兵士たちは黙々と越えて行った。隊列を組んで尾根を越える船のシルエットを見上げながらタケミカズチがフツヌシに言った。

「統領、おれたちの船は確かに渡り鳥が天を翔けて行くように見えるね。こんなこと誰も思いつかないでしょうね」

タケミカズチは声を出して笑った。

「そうだな。鳥になって天を翔けて行くとは、イクメも気の利いたことば言いよったな」

フツヌシも笑いながら頷いた。タケミカズチの銀色の髪を初夏の風が揺らしていった。

四日後にはハヤミ国の城柵に着いた。大分川の河口から瀬戸内の海に出る。海は穏やかで、遠く四国の佐多岬が見え、また北には国東半島が島のように浮かんでいる。その後ろに見える筑紫の山々は背後に遠ざかって行く。佐賀関から速吸の瀬戸（豊予海峡）を渡り、船は険しい断崖の海岸線を右に見ながら佐多岬沿いに東に進む。肱川の河口に泊まり、高縄半島の突端を回り込み、来島の手前の入り江に停泊した。明日はイマハリ国まで進まなければならない。

イマハリ国の手前には海の難所、来島海峡がある。来島海峡越えは、瀬戸名物の激しい潮流との戦いになる。出立の前に全軍を集めフツヌシからの指令が飛んだ。

「よかか。来たこつのある者は知っておるだろうが、瀬戸の潮は一日四回その流れの向きば変ゆる。東から西へ二回、西から東へ二回変わるのじゃ。今日は朔から二日目だけん、明日の夜明け頃、それまでは東から西へ流れとった潮が、西から東へと流れが逆に変わる」

フツヌシは続けた。

「その流れに乗らねばならぬ。今夜はこの入り江に停まって東から西に流るる潮ばやり過ごす。夜明け前、満ち潮になったら瀬戸の北の小島のあたりに集合する。そこでひと時、潮待ちばして、潮が東に向かい始めたら、その時一気に船ば漕ぐぞ」

兵士たちは緊張している。

「北の小島に集まるとじゃな」

「そうよ。集合に遅るると置いて行かるるぞ」

「脅かすない」

フツヌシの声が一段と高くなった。

「今回は四十隻が一息に来島の瀬戸ば越えねばならん。最も通りやすか南側の瀬戸だけでは足りん。潮の速か瀬戸ば行かねばならぬ船もある。だけん、潮の流れが速うならぬうちにこの瀬戸ば越えねばならぬ。ここの潮の流れは速うて、しかも渦ば巻く流れ、海の底から湧き上がってくる流れもある。そげん流れに巻き込まるると櫂も舵も利かんようになる。瀬戸から出んうちに流れの速か潮に巻き込まるると船は流され、岩に叩き付けらるる。ここで気ば許すと命に関わる。舵取りは何があっても舵ば離すな。潮に取らるるな。よかか！　わかったか！」

「おう！！」

兵士たちは皆大きく頷いた。フツヌシは最後に言った。

「明日は早か。それに力ば残しておかねばならん。今夜は食い物ば余計に配るけん、たらふく食うてゆっくり寝るように。寝足りんと命に関わるぞ」

兵士たちもこの時ばかりは真剣だ。兵士がタケミカズチに聞いた。

「隊長。なしてフツヌシ統領は潮の目が変わる時ば知っとるとですか？」

「何べんもここを通っているからよ。月の満ち欠けと潮の流れの深いつながりはよーく知っておられるのだ」

「へえ、大したもんばい」

「そんなことに感じとらんで早く寝ろ！　明日は命がけで船を漕がねばならぬ」

タケミカズチは兵士たちを叱咤した。

夜明け前、フツヌシたちの船団は大角の岬と大三島の間の沖に停泊し、潮の流れが西向きから東向きに変わる瞬間を待った。一時間ほどたった明け方ごろ、それまで東から西に流れていた潮の流れがふっと止まった。

「今だ！　アズミ水軍の魂を見せよ！　漕げ！　漕いで漕いで漕ぎまくれ！」

タケミカズチが涸れんばかりの大声で全軍に檄を飛ばした。各船の隊長もお互いに声を掛け合い、銅鑼手はありったけの速さで銅鑼を打ち鳴らした。穏やかだった潮が徐々に速さを増して西から東へ激しく流れ始める。漕ぎ手は腕も折れよとばかりに櫂を漕ぎ、舵取りは必死で舵にしがみついた。四十隻の船は全力で流れをとらえ、海峡を西から東へ漕ぎぬけた。西から東への流れが最高潮に達しごうごうと流れるころには、四十隻の船団はイマハリ国の近くに上陸することができた。

四日後、フツヌシたちは既に高梁川の河口を遡っていた。

「おい、イクメ。キビの城柵の手前でいったん船ば止めて陸に上がるぞ。キビ城柵の様子ば探ってから進んだ方がよか」

フツヌシの指令でタケミカズチたちは高梁川を少し遡った川岸に船を止めて、いったん上陸し夜を待った。闇にまぎれてキビの城柵を偵察してきたイクメはこう報告した。

「キビの奴らは今んところ、我々の動きには全く気づいておらんです」

「よし、そうときまれば、キビの奴らに気づかるる前にここをば通りぬけてしまうぞ。闇にまぎれて川上へ漕ぎ上れ。兵士皆にそう伝えろ！」

フツヌシは命令した。その夜、作戦通り船団は夜陰に乗じて高梁川をそろそろとのぼって行った。高梁川では無数の蛍がその進軍を出迎えた。その後、フツヌシたちはキビの城柵に気付かれることなく高梁川を上りきった。剣森山の麓で船を陸揚げしてほっと一息を着いたタケミカズチはイクメに話しかけた。

「イクメの兄貴、うまいことキビの連中に気付かれずにすみましたね。ここをうまく越えられるかが何より気がかりでしたが」

「いや、ほんなこつ。ここでキビに気付かれて戦いば交えるこつになれば、困ったこつになると恐れとった。キビの城柵が川から少し離れとったのが幸いじゃったな。夜の行軍はきつかばってん、よか塩梅に行って何よりじゃった。天照様のご加護ばいなあ」

「ええ、そうですね。さてあとはもう一度鳥になって天を越えて行くだけですね」

そう言ってタケミカズチは笑った。

兵士はまた船を担いで黙々と峠を越えた。ヤマダ国を出て二度目の峠越えとなる。山陰側の日野川の最上流に着くと船を浮かべ、そのまま夜陰の中、川を下った。三日後の真夜中に日野川の河口に着いた。そこはもう日本海側の美保湾だ。

ミホの城柵は宍道湖の東側に伸びる巨大な砂州の根元にあった。ここはオオクニヌシの長男コトシロヌシの守る城柵だ。オオクニヌシが住むイズモの城柵は日野川の河口を出てさらに海岸添いに東へ約十キロ行った岡の上（現鳥取県、妻木万田遺跡）にある。フツヌシたちは日野川の河口の手前、ミホの城柵の五キロほど手前に陣を張り休息を取った。敵に気づかれないために焚火も焚けず、篝火もない。温かい食べ物もない。兵士たちの疲労も大きかったので、フツヌシは食糧を余分に配り、兵士の体力の回復を図った。兵士たちはいつもの二倍配られた干し米をそのまま食べ、ドングリ煎餅をかじった。

フツヌシは夜になるとまずハヤヒをミホ城柵に、続いてタケミカズチをイズモ城柵に偵察に出した。ハヤヒとタケミカズチはそれぞれ数人の部下を連れて偵察に向かった。

「統領、戻りました」

もどったハヤヒたちが報告した。

「おう、それでどうだ。ミホの様子は」

「はい、まず、ミホの奴らは全く我々に気づいとりまっせんばい。見張りは幾人かはおりますが、欠伸なんかしとる奴もおるくらいで、てんで気ば許しとる様子です」

「兵士の数はどげんか」

「水軍の船は十隻ぐらい浜辺に繋がれとります。三百人ぐらいの兵力ではなかでしょうか。城柵の周りの家に住んどるごとあります」

「宮殿ば守る専任の兵士の宿舎は城柵のすぐ近くにあります。数十人の兵士がおるごたるです。合わせれば三百五十人ぐらい。これがミホ城柵の戦力ですばい」

「武器はどうじゃ」

「イズモ兵の武器はほとんど銅剣ですたい。我々のごと鉾や、戈は使わんですけん」

「鉄の武器は見当たらんです」

「城柵の中にはどれぐらいの兵士がおるか」

「警備についている兵士がどのくらいおるかはわかりませんが、城柵の中には護衛兵が二十人もおればよかところでっしょう」

明け方タケミカズチも戻ってきた。

「イズモ城柵はおおきい城柵ですが、意外と手薄です」

「水軍の兵力はどげんか」

「出払った水軍の数はわかりませんが大分出かけているようで、周辺の海岸に繋がれている船は十隻ぐらいしかいません。それから考えると今イズモにいる水軍は三百人ぐらいの兵力とみられます」

「城柵を守る兵力はどうだ」

「王宮を守る兵士の宿舎になっている小屋が城柵の門の傍にありますが、その数はざっと三十軒ぐらいです。それからすると兵力は三百人ぐらいと思います。ですから水軍と合わせて総兵力としては六百人というところです」

「やはり相当な兵力ば擁しているな。さすがオオクニヌシだの」

「でも今は我々には全く気づいていませんので、城柵内で警備についているのは数十人と言うところです。奇襲をかけるなら今でしょう。水軍や専任の兵士が気づかぬうちに城柵を占拠しなければなりません」

「鉄の武器ば持っとる様子はあるか」

「いえ、鉄の武器を持っている兵士は見えません。水軍の兵士はみな銅剣を持っているようです」

「そうか。タケミカズチ、イクメ、ハヤヒ。いよいよ作戦ば始むるぞ。ヒミコ様のお言いつけがあるでの。敵も味方も出来るだけ兵士を死なせんようにせんといかん」

「そうです。人が死なない戦さをせねばなりません」

「お前らならどうする」

　タケミカズチが答えた。

「われらの兵力で不意を突いて総攻撃しても勝つことはできるかもしれませんが、わが方にも大きな損害が出ます。ヒミコ様の言いつけにも背きますね」

　イクメも同じような考えだ。

「統領、イズモ城柵を正面から攻めれば陸の上での接近戦になるばい。イズモの武器は剣たい。接近戦には小回りの利く剣の方がちっと有利ばい。我らの鉄鉾、鉄戈は小回りが利かんけん手こずることになるばい。できれば陸上では戦うのは避けた方がよか」

「できれば戦闘をせずに降伏してもらうのがいいですよね。幸いイズモは我々がここにいることなど考えてもいません。オオクニヌシも油断をしています。ですから気づかれぬうちに敵が戦えないようにすればよいのです」

「そげんですな。タケミカズチの言う通りです」

「そげんこつができるか？」

「王を人質にとるとか」

タケミカズチが言う。

「武器ば全部押収するとか」

イクメもうなずく。

「それから水軍の船ば使いものにならなくするとか」

ハヤヒもにやっとする。フツヌシがタケミカズチの顔を覗き込んだ。

「お前、オオクニヌシを生け捕りにするつもりか？」

「生け捕りにしましょう。そしてイズモの兵士が動けないようにしましょう」

「どげんするとや」

「統領、おれが女だってことを忘れていますね。女の力を侮ってはいかんですぞ。女兵士三人とおれに任せなさいって」

フツヌシはタケミカズチの顔を見て笑った。

「そうか、タケミカズチ、お前たちに任せる。密かに城柵に忍び込んでオオクニヌシば人質にしてくれ。そしてオオクニヌシば捕えたら、近くの小屋に火を放て。それを合図におれの本隊が押し入って城柵をば制圧する。その前にハヤヒの部隊は水軍の船を沖に流してしまえ。イクメの部隊はタケミカズチの部隊と合流して兵士の宿舎を襲って武器を押さえろ。王と武器と船ば失ったらイズモの兵士も手も足も出まい」

「任せてください」

「了解ですたい」

「殺さない戦さですな」

三人の隊長はそれぞれの部隊に向かった。

第6章　イズモ攻め

フツヌシたちの船団は夜の闇にまぎれて海岸沿いにイズモ城柵に近づいて行った。イズモ城柵は海岸に面した小高い岡の上に立っていた。真夜中、イズモ城柵から少し離れた海岸に上陸したフツヌシたちは葦の陰に船を隠した。

タケミカズチはハコベ、ワラビ、アカザの三人の女兵士を呼んだ。三人は何で自分たちが呼び集められたのか分からず、何事かという顔をしていた。

「ワラビ、アカザ。オオクニヌシの宮殿にはおれたちだけでもぐりこむぞ。まずこれを着ろ」

「なんだい、これは」

「女の着物じゃないか。どこからこんなもの持ってきたの」

「近くの家からちょっと借りたのさ。これを着ていれば怪しまれないだろ。それから髪は女髷にしろ」

女兵士たちは「え〜っ」というような顔をしたが、すぐに笑い出した。

「分かった。おしとやかなあたいたちがオオクニヌシを色っぽく誘って襲うんだね」

「そうだ。できるか」

「馬鹿にしたらいかんよ。鎧の下は輝くばかりのおなごの色香さ」

そう言ってタケミカズチと女兵士二人は髪を女髷に結いなおし、女の着物を頭からかぶった。女の着物を着て女髷に結いなおすと、屈強な女兵士たちからも何となくだが色気が漂ってくる。

「へえ、お前たちもやっぱりほんとは女なんだな」

タケミカズチが笑った。

「当たり前たい。見なっせ、このこぼれる色香。そそられるだろ」

ワラビがむき出した尻をぴたぴた叩きながら言った。

「まったくだ。女のおれでもクラクラする」

タケミカズチも女の着物を羽織りながら笑った。

「この白髪頭は何かかぶってごまかすしかないか。美女二人に婆さんのお供ということで」

「そげんじゃ。わしら美女二人おれば、隊長一人分の色気ぐらいおつりが来るわい」

「頼んだぞ。それからアカザの武器もまとめてゴザでくるんでワラビが担いでくれ。

それとアカザはこれを担いでいってくれ。」

タケミカズチはアカザに酒甕を渡した。

「空の酒甕ば、どげんするとね」

「城柵に入ったら使うんだ。急いで準備しろ。おしとやかにな」

アカザはひもで甕を背中に括り付けた。ワラビは二人の鉄鉾の刃の部分をゴザでくるみ荒縄で縛ると背中に背負った。ハコベは一緒に行けないのが不満だった。

「隊長、あたいはどげんするとね。一緒に連れて行かんとね」

「ハコべ、お前には残った部隊を任せる。部隊を連れてイクメ隊長の部隊と合流するんだ。そのあとはイクメ隊長の命令に従え」

「あたいが部隊ば指揮するのかい」

ハコベは半信半疑だった。

「大丈夫だ、お前が一番頼りになる。後を頼むぞ」

「わかった。任せておきな」

ハコベは大きく頷いた。

ハヤヒの部隊は近くの浜辺に繋がれているイズモの軍船に近づいていった。

「船の碇綱ば切れ！　船ば沖に押し流せ。イズモの兵士が二度と船に乗れんごつしろ」

そう号令すると兵士たちは碇綱を切り、砂浜に乗り上げていた十隻の船を二百五十人総がかりで全て沖へ押し流してしまった。


一方イクメとハコベの率いる部隊はイズモ兵士の宿舎に向かった。宿舎は城柵のすぐ近くにある竪穴式住居だ。イクメは部下に命じた。

「兵士の宿舎は十五人一組で一気に襲う。敵が気づく前にな。襲うときはおれの合図に従え。兵士たちば縛り上げ、武器ば押収する。敵の兵士というても殺してはならん！」

兵士たちは分散して宿舎の入り口に近づき、待機した。イクメの合図で一気に宿舎に押し入り、イズモ兵士を縛り上げ、武器を押収していった。寝入っているときに不意を突かれてイズモの兵士はほとんど何の抵抗もできなかった。六百人のイズモ兵士は仮の牢屋となった宿舎に閉じこめられた。そしてまた、六百本ほどの銅剣が押収された。

そのころ城柵の下でタケミカズチはワラビとアカザに言った。

「よし、行くぞ。イズモの奴等に気付かれずに、王宮のなかに潜り込んでオオクニヌシを生かしたまま捕える。いいな」

「がってんだ」

「おしとやかに、色っぽくだぞ」

三人は軽々と柵を乗り越えた。城柵の中は意外とがらんとしている。ところどころに衛兵はいるが、どの兵士も緊張をしているようには見えない。城柵に入ると女たちは靴を脱ぎ背中に背負った。靴は兵士しか履かないものだからだ。アカザはからの酒甕を大事そうに抱えた。女の装いで、オオクニヌシの宮殿の下まで進んだ。王宮に上る階段の前には衛兵が二人一組で見張りをしていた。

「おい、お前たち何してる」

衛兵が呼び止め、短い貫頭衣を着た女たちのむきだしの太ももを不審げに見た。

「あの、オオクニヌシ様にお酒をお届けするように言われまして」

タケミカズチが女の声を作って答えた。

「こんな夜中にオオクニヌシ様が酒を持って来いといったのか？」

「いえ、副官様のご命令で……」

タケミカズチはアカザの持っている甕を指さした。

「なんだ？　それが酒か？」

衛兵はアカザの持った酒甕をのぞこうとした。その時タケミカズチたちが衛兵にとびかかった。一瞬にして二人の衛兵は気絶して地面に転がった。タケミカズチたちは倒れた衛兵を階段の下に引きずり込むと、靴を履いた。すぐさま階段を駆け上り、宮殿の中をのぞいた。オオクニヌシの寝室と思われる部屋の入り口が見える。寝室の入り口には衛兵がさらに二人見張っている。すると、月明りしかない宮殿の入り口に、ワラビがふらふらと入り、ぱたんと倒れてみせた。衛兵二人は突然女が現れて倒れたので驚き、詰問しようと駆け寄った。途端にアカザが陰から飛び出して衛兵に当て身を入れる。衛兵がひるんだところにタケミカズチが目にもとまらぬ早業で飛び掛かり、二人の首筋を短剣で刺して気絶させた。

「よし、アカザ。お前はここで見張りだ。おれとワラビがオオクニヌシを捕まえてくるから」

「え、あたいが行くのかい」

ワラビが驚くとアカザがワラビの尻を蹴とばした。

「驚いている場合かい！　お前の色気の出番だよ！」

タケミカズチとワラビの二人はオオクニヌシの寝室と思われる部屋に忍び込んだ。寝室ではその気配にオオクニヌシが目を覚ましていた。

「何者か？　誰かそこに居るのか」

するとワラビが猫なで声で答えた。

「おや、王様、お休みのところ申し訳ございません。ちょっと御用がございましてね」

オオクニヌシは思いかけず女の声がしたので愛用の天叢雲剣を取ると入口に近づいてきた。

「御用とはこういうことよ！」

そう言うなり柱の陰から飛び出したタケミカズチはオオクニヌシに飛びつき短剣でオオクニヌシの首を刺した。しかし急所を外すのは忘れなかった。オオクニヌシは声もあげずに気を失った。そこにアカザも入ってきてたちまちオオクニヌシは縛り上げられた。

「よし、次は狼煙だ。ワラビついておいで。アカザはここでオオクニヌシを見張っていておくれ」

「了解だ。任せておきな」

二人は急いで外に出た。オオクニヌシの宮殿のすぐ後ろに小さな小屋があった。衛兵用の武器庫と思われた。見張りはやはり二人だ。タケミカズチとワラビは宮殿の柱の陰に隠れた。そして柱の陰からむき出しの足を太ももまで出すとゆらゆらと振って見せた。二人の兵士は宮殿の下の暗闇に妖しい白い影がゆらゆらするのに気付いた。

「おい、あれは何だ？」

「おなごの足のようだが、なんでこんなところにおなごがいるんだ。それもおれたちを誘っているようではないか」

二人の兵士はいぶかりながら近づいてきた。不審な影だがどうも女らしいという思いに油断があった。タケミカズチとワラビにとって柱の陰から飛び出して衛兵を倒すのは造作なかった。タケミカズチとワラビは兵士を宮殿の階段の陰に隠すと、持ってきた火おこし弓で急ぎ火をおこした。その火を枯れ枝に移すと武器庫の屋根に投げ上げた。藁でできた屋根に火が着き、めらめらと燃え上がった。

それを合図に城柵の向こうに鬨の声が上がり、フツヌシとハコベの配下の兵士たちが城柵を乗り越えて次々に躍り込んできた。ようやく騒ぎに気付いた衛兵たちが宮殿の前の広場に集まってきたが、すでに宮殿の前の広場はフツヌシの兵士たちに占拠されていた。数十人のイズモ兵は戦うことなく皆捕らえられ縛り上げられた。その前で武器庫は大きな炎を上げて燃え上がり、やがて崩れ落ちた。


翌朝、オオクニヌシはイズモ城柵の広場に引き出された。ざんばら髪が風に乱れている。オオクニヌシの前で剣を地面に突き立て、フツヌシは静かに言った。

「おぬしは中つ国の王オオクニヌシに相違なかな！　おれはヤマダ国の将軍、フツヌシという。『倭国王』ヒミコ様の使いで参った。この度ヒミコ様は『倭国王』になられた。ついてはイズモ族も『倭国王』ヒミコ様に従うことをお望みだ。つまり中つ国を譲れということだ。異存はあるか」

オオクニヌシは大声でわめいた。

「『倭国王』とはどういうことだ。お前らアズミ族の王がわしらイズモ族まで従わせようとはどういう訳じゃ」

　フツヌシは腕組みをしたままオオクニヌシを見下ろした。

「『倭国王』とは言うまでもなく倭国全体の王のことよ。魏国の皇帝陛下がそう認めたのだ。だから倭国のすべての国々は『倭国王』に従わねばならぬ。これが魏国からもらった『倭国王』の印影だ」

　フツヌシは粘土に押した「親魏倭王」の印章をオオクニヌシに見せた。オオクニヌシは一瞬たじろいだが、それだけでヤマダ国に無条件で従うなどもってのほかであった。

「フン、承知するも何もあるか。『倭国王』になったとかなんとか言っておるが、どうせわしを殺して中つ国を奪う気であろうが」

　オオクニヌシはいよいよいきり立ってわめいた。

「だが、わしを殺したところで、他の中つ国の王がヤマダ国に従うかな。わしには二人息子がいる。もうすぐコトシロヌシが攻めてこようぞ。それにもう一人、ミナカタも大軍を引き連れ、時をおかずやって来る。果たしてお前らでミナカタに勝てるかな。やつはお前などものともせぬぞ。」

「それでは中つ国を譲ることは承服せぬと言うか」

フツヌシは続けた。

「そうか。ならば、そのコトシロヌシとミナカタに認めさせるまでよ。その前にお前の持つこの剣ばいただくとするぞ。この剣はもともとヤマダ国のものじゃからな」

「その天叢雲剣はイズモの宝剣じゃ。イズモの王の証じゃ。お前らが持っても意味のないものじゃぞ」

「おお、それならなおのこと。ヒミコ様へのよか土産になるのお」

そういうフツヌシをオオクニヌシは声にならない声を発して睨みつけた。オオクニヌシは急ごしらえの牢に入れられた。武器庫の焼け跡と兵士の宿舎とから押収されたイズモの武器は全て破壊された。武器を取り上げられたイズモの兵士たちは抵抗できずに宿舎に閉じこめられた。長老たちもいくつかの建物に軟禁された。

昼過ぎミホの砂州の陰から十隻ほどの船団が現れた。コトシロヌシが異変の知らせを聞いて攻め上って来たのだ。ミホの将軍が葦の陰のフツヌシたちの船団を見つけて言った。

「王様、あれがヤマダ国の奴等の船ですかの。あの奴らが戦さもせんでオオクニヌシ様を人質に取ったというのはほんとですかね」

「イズモ城柵から逃げてきた兵士がそう言うのだから仕方ないわい。大体、ヤマダ国の兵士だとか言ったそうだが信じられん。夜陰に乗じて親父殿を人質に取り、何を要求しようというのか分からんが、中つ国をなめるのにも程がある」

「そうですよ。王様。ヤマダ国の軍団が誰にも気づかれないでこのイズモまで来れるはずがありません。どこぞの反乱軍でしょうが、まあ、いいとこ二百人ぐらいの兵力でしょう」

「まあ、どこの馬の骨にしろ、我ら中つ国に逆らうとは身の程知らずじゃ。皆の者、あいつらを一気に叩き潰すぞ！」

「まあ、王様そういきり立たなくても。賊は我々のこの威容を見て縮みあがって、降参するにきまってます。時間の問題です」

将軍はそう言って腰の銅剣を抜いた。

ミホの軍船の大きさはフツヌシたちの軍船より一回り大きい。ミホの軍旗が風にはためいて意気盛んだ。二列縦隊でまっすぐにフツヌシの船団に向かっていく。しかしコトシロヌシたちは大きな間違いを犯していた。フツヌシたちの軍勢を見くびっていたのだ。

タケミカズチはその様子を見て心の中でつぶやいた。

「ほう、やはり現れたな。イクメ兄貴の言った通り船で攻めてきたな。思うつぼだ」

見るとフツヌシが船の艫に立ち上がり、タケミカズチ、イクメ、ハヤヒの船団に向かって手を挙げた。出撃の合図だ。タケミカズチは配下の船団に向かって叫んだ。

「よし、皆の者、手筈は分かっているな！」

あらかじめ打ち合わせた通りフツヌシ率いる四つの船団、四十隻は葦の陰から出て敵の船団を取り囲んでいった。

ミホの船の上では兵士たちがあわてていた。

「おい、二百人などと、大嘘じゃ。その倍以上いるぞ！」

「いつの間にか囲まれているではないか！」

「奴らの船がぶつけてくるぞ！　身を護れ！」

ミホの隊長がそう叫んだが、フツヌシ軍の船団はミホ軍の軍船を取り囲んだところで停止した。そしてフツヌシが叫んだ。

「コトシロヌシ！　おれはヤマダ国の将軍、フツヌシだ。イズモのオオクニヌシは捕らえて牢の中にいる。おれたちは中つ国との戦さがしたかわけではない。中つ国がわれらヤマダ国に従えばお前たちの命は奪わない。コトシロヌシ！　中つ国をヤマダ国に譲ることを承知しろ！」

コトシロヌシは恐怖を覚えていた。敵を見くびっていたためとはいえ、あっという間に周りをヤマダ国軍の船団に囲まれてしまった。兵力もミホ軍の何倍もあるように見えた。

その時ミホ軍の一部の軍船がフツヌシ軍の軍船に向かって突進していった。戦いを仕掛けようとしたのだ。ところがミホ軍の船がフツヌシ軍の船に接近するとフツヌシ軍は不思議な行動を起こした。フツヌシ軍の兵士たちは武器の鉄戈や鉄鉾でミホ軍の船を押し戻したのだ。ミホ軍の兵士が持っていた武器は銅剣だった。船が押し戻されて船と船の間に一定の間隔があれば、銅剣ではフツヌシ軍の兵士には届かない。戦いにならなかった。ミホの兵士の中にはフツヌシ軍の船に飛び移ろうとした兵士もいたが、鉄鉾や鉄戈で叩き落され皆海に落ちてしまった。しばらくにらみ合いが続いた後、フツヌシ軍の兵士の半分が弓を構えミホの兵士に狙いを付けた。ミホ軍も弓矢は持っていたが圧倒的に兵力に差があった。

「わかった。降参だ」

コトシロヌシはそう言わざるを得なかった。そしてミホ軍は武装解除され、ミホの城柵に軟禁された。


オオクニヌシとコトシロヌシは隣り合った牢に入れられた。オオクニヌシは壁越しに隣のコトシロヌシに問いただした。

「しかし、なぜヤマダ国軍が突然現れたのだ。コトシロヌシ、お前は外海からヤマダ国の船団が来たのに気付かなかったのか」

「はい。ムナカタやナガトやそのほかの城柵の前を通らずにイズモの城柵には来れませんから、奴らもそこを通って来たのだと思いますが」

「しかし、そばをこんな大船団が通ったなどとムナカタやナガトから知らせはなかったぞ」

「はあ、するとヤマダ国の船は空を飛んできたとでも考えるしかありませんが……」

「空を飛んできただと？　馬鹿なことを……」

　オオクニヌシはヤマダ国が突然イズモ城柵に攻めてくることなど想定もしていなかった。万が一、ヤマダ国の軍勢が攻めて来ることがあるとしても、日本海側を東進してくるものと考えていた。それなら必ず九州のムナカタ国の前を通らなければならない。最初に迎え撃つのはムナカタ国のはずだった。従ってイズモ城柵の兵士も相当数をムナカタに駐在させ、イズモにいる兵士は四百人に過ぎず、常駐するのは五十人に過ぎなかった。にもかかわらず、突然思いもよらずどこからか大船団が現れた。完全に裏をかかれた。オオクニヌシは歯噛みした。

「ヤマダ国軍は本当に空を飛んできたのか？　あいつらは空を飛べるのか？　ヤマダ国には鬼道をなす恐ろしい妖女がいるという。雷神の化身である女戦士もいると聞くが」

　独り言を言うオオクニヌシの背筋に冷たいものが走った。

「タケミカズチ、隊長たちば集めよ」

　フツヌシの命令でイクメ、ハヤヒたちはフツヌシのもとに集まった。

「皆、良く戦うてくれた。今晩は兵士たちばゆっくりさせてやってくれ。あるだけの酒と食い物ば集めて酒盛りするぞ！」

フツヌシのその声にイクメたちは「おう！」と歓声をあげそれぞれの部隊に戻った。そして兵士たちに宴会の準備を命じた。半日かけて酒宴の準備が始まった。まず、イズモ城柵の酒蔵にあった酒の甕はすべて宴会場となる城柵の中央の広場に持ち出された。あちこちから食物を載せる器や、壺、杯が集められた。

「ワラビ、そのトビウオどこで見つけた。あたいも食べたい」

「あっちの小屋にあったけど、もう全部持ち出されちまったよ。他の小屋にも美味い物がありそうだよ。探しに行こうよ」

女兵士たちもうきうきして酒と食べ物を集めた。

広場のまわりにはヤマダ国の太陽の軍旗が無数に翻っている。酒の甕が開けられ杯が回された。広場には部隊ごとに輪ができ、みな美味い肴と酒に笑顔がこぼれた。魚を頭からむさぼり、猪の肉にかぶりつく兵士たち。故郷の歌を大声で歌い、思い思いに踊る兵士たち。広場に面した宮殿の階段に腰を下ろしてフツヌシは兵士たちが持ってくる料理を平らげ、酒を飲んでいた。広場では三人の隊長もそれぞれ配下に囲まれて酒を飲み料理に舌鼓を打っていた。タケミカズチの部隊も勝利を噛みしめていた。

兵士のヒグマがご機嫌になって聞いた。

「なんちゅうても今回のお手柄はお前ら女兵士ばい。城柵に忍び込むまではできようが、よくイズモ兵士に怪しまれんかったな」

ワラビが酔って真っ赤になった顔で自慢した。

「あたいたちにはあんたら男兵士には逆立ちしてもできん奥の手があるけんね」

「奥の手？　なんなそれは」

「熟れた女の色香たい」

「熟れた女の色香？　誰の？」

「あたい達に決まっとるばい。それでイズモの兵士もあたいたちがアズミの兵士とは気づきもせんかったとばい」

兵士たちは全員大いに笑った。アカザがむき出した太ももを見せながら言った。

「そうたい。あたいたちのこぼれる色香でイズモの兵士をクラクラさせといてさ、そのすきにタケミカズチ隊長の例の早業で一撃さ」

「タケミカズチ隊長はやっぱり凄かね！　あのオオクニヌシば一撃で倒した。これでおなごていうのは信じられんね」

酔ったアカザがタケミカズチの前に座り込んで杯を差し出しながら言った。タケミカズチは酒甕を受けとり、アカザの杯に酒を注ぎながら微笑みかけた。

「ひとのことばかり言えんぞ。アカザ。お前らだっておなごとは思えん強さだろ」

「あいや！　あたいらはおしとやかなおなご兵士ばいねえ。ワラビ。オオクニヌシば一撃で倒すなんてできんもんねえ」

「そうばい、あたいの色っぽい声にひかれてオオクニヌシだってふらふら出てきたもんねえ」

ワラビが尻を振って見せると男の兵士も大声で笑い、杯を上げた。


宴が最高潮に達した頃、宴の輪の中で調理や配膳を手伝っているイズモの女たちが見受けられた。中にはどこからともなく酒の甕を持ってきてフツヌシの兵士にふるまう女もいた。イズモの女たちは、戦いが終わった当初はフツヌシたちを恐れて遠巻きに見守っていたが、オオクニヌシが牢に閉じ込められたと知ると、徐々にフツヌシの兵士たちに近づき、言葉を交わす者が出てきた。兵士の中には力ずくで手近の女を押し倒す者も少なくなかったが、嫌がる女もいる一方、中には次第に兵士たちと気さくに口を利き始める者もいた。フツヌシ軍がイズモ兵士を一人も殺していないことが女達を安心させた。

イズモに限らず、敗戦国の女は皆したたかだった。国の男たちが武器を取り上げられ戦えなくなってしまった今となっては、勝利した軍の兵士に逆らっても仕方がない。敵の兵士たちはいずれまたどこかに去っていくのだから、それまでは友好的にしているのが得策だと知っていた。いつまでも怯えてばかりいる女たちではなかった。どのみち、武器を取って戦さを始めるのは男で、女たちはとりあえず、その日を生き延びなければならないのだ。

酒がまわり兵士たちが朦朧とし始めたころ、フツヌシのそばにもイズモの女が何人も集まり、何くれとなく世話を焼き始めた。料理を取り分けたり、酒を注いだり、明らかにフツヌシの歓心を買おうと懸命になっている。そんな女の中に独りだけ身なりが他と違う女がいた。年は若くはないが、イズモ国の貴族の女と見えた。女はフツヌシのそばに座り、艶然と笑みを浮かべてフツヌシの杯に酒を注いだ。

宴が終わって宮殿の寝所に行く時、フツヌシはその女を自分の部屋に連れて行くことにした。女は嫌がりもせず、むしろ嬉しそうにフツヌシについてきた。酒の入った甕と杯を抱えてくることも忘れなかった。

寝所に入って、フツヌシが寝床に胡坐をかいて座ると、女はフツヌシに杯を差し出し甕から酒を注いだ。フツヌシが酒を飲み干すと女は言った。

「フツヌシ様、私にも一杯くださいな」

「おれの名前ば知っておるのか？」

フツヌシは杯を女に渡しながら尋ねた。女は笑顔で杯を受け、一気に飲み干した。

「はい、ヤマダ国一の将軍、フツヌシ様のことはこのイズモでも知らぬ者はおりません」

フツヌシには間違いなくそれが追従だと分かったが、女が必死に取り入ろうとしているのだと思い、いじらしかった。

「そうか。おれはそんなに有名か」

笑いながらフツヌシはもう一杯酒を飲んだ。そして女を抱き寄せた。女はフツヌシにされるままに身をゆだねていた。女の白く柔らかい乳房を抱きしめながらフツヌシは聞いた。

「名は何という？」

「アケビといいます」

　女はそう答えながらフツヌシの首に腕を巻きつけ、唇を求めてきた。


　次の日、イクメがフツヌシに言った。

「統領、イズモ城柵とミホ城柵は犠牲を出さずに落しました。これでヤマダ国に中つ国ば平らげたと知らせたかところですが、そげん訳にはいきませんかな」

「そげんだな。オオクニヌシが言うようにもう一人の息子にも中つ国ば譲ることば認めさせねばな」

「ミナカタですな。奴の猛々しさは他に並ぶ者もなか、イズモ一の分からず屋ですたい。戦闘はしたくなかですが今度ばかりは戦闘をせんではすまんでしょうな」

「その分からず屋に中つ国を譲ると言わせねば今度の遠征は終わらないのでしょう。ならば早いとこ来てほしいものですね。」

　タケミカズチが西の海を見て言った。

「奴婢のころの恨みがあるわけではないですけど、ミナカタを早いとこ仕留めて決着をつければ敵も味方も戦闘の犠牲者は少なくて済むでしょう。ミナカタはおれがきっと仕留めて見せます」

タケミカズチがそう言うとハヤヒが頷いた。

「どうせ逃げ出したオオクニヌシの兵士が我々のこつば知らせに行っとるでしょう。ミナカタは親父ば助けに兵士ば引き連れてイズモに攻め登って来るですよ。ねえ、統領」

フツヌシも頷いて一同を見回した。

「うむ。ミナカタはほっておいても向こうからやって来る。来るとすれば半月後か。そして、奴らはイズモの海や城柵のこともよう知っとる。だけん逆に奴らがどう攻めてくるかは大体推測がつく。よし、ではミナカタば迎え撃ち、ヤマダ国には逆らえんと分からせねばならぬな」

「そうです」

「されば、ミナカタ軍はどうくると思うか」

「それは……」

四人はミナカタ軍を迎え撃つ作戦を練った。作戦は決まった。

フツヌシは前夜から寝室にいたアケビの所へ戻った。

「アケビよ。おれはお前が気に入った。これからおれの身の回りの世話をせい」

フツヌシがそう言うと、アケビはにっこりして頷いた。

「アケビよ、お前の身なりは他の女たちと違うが、お前は貴族の出自なのか」

アケビの顔から今まで浮かべていた笑みが消えた。

「いえ、私はもともとトットリ国の出でございます。何も高貴な生まれではありませぬ。今のオオクニヌシ様が王となった時、侍女を差し出せとのご命令が来てトットリ国は私を含め三人の女を差し出したのです。それ以来、オオクニヌシ様のそばに仕えておりました」

「そうか、オオクニヌシの侍女であったのか。オオクニヌシの侍女となって何年になる？」

「三年になります」

「三年か、ならばオオクニヌシの子も産んでおるのだろうの」

フツヌシは少し見下すように言った。しかしアケビは笑顔を取り戻し、フツヌシの眼を見て誇らしげに言った。

「はい、おなごを一人授かりました」

フツヌシはその表情を見て、女の誇りとはこういうものかと思った。誰の子であれ、子を産むことは女にとって誇らしいものなのも知れない。

「その子はどうしておる」

「おかげさまで無事にしております。戦さが起きた時は近くに住む奴婢に預けてありましたから」

「そうか、無事であったか。それは何よりであったな。しかし、オオクニヌシの侍女だったそなたが、なぜに敵の統領のおれの侍女になりたがるのか」

アケビは再び厳しい表情になり、沈んだ声で答えた。

「恐れながら、私がオオクニヌシ様に仕えていたのも、逆らえば私の命ばかりか、トットリ城柵の親兄弟の命にもかかわることを知っていたからです。しかし、そのオオクニヌシ様はフツヌシ様に敗れ、今は牢の中。それならば強いお方を頼るのが女の知恵でございます」

アケビは眼を伏せてフツヌシの顔を見ずに、しかし、きっぱりとそう言った。

『なるほど、そういうものか。いや、当たり前だ。頼る者がいなくなれば誰か代わりの者を急いで探さねばならぬ』

フツヌシは心の中で自分に言い聞かせてアケビを見た。この女も生きていかねばならぬのだ。

オオクニヌシたちを人質にしてから半月が経ったある月の夜、見張りの一人が息せき切ってフツヌシに知らせてきた。

「西の入り江に見慣れぬ船団が見えます。二十隻ばかりです。ミナカタ軍の旗と思われます」

「よし、やっと来たか。やはり夜襲をかけてきたな。イクメ、ハヤヒ、手筈通り守りば固めよ！」

「おう！」

イクメとハヤヒは駆け出して行った。フツヌシは傍らにいたタケミカズチを振り返って言った。

「行くぞ、タケミカズチ」

「はい！」

タケミカズチが大きく頷いた。フツヌシは剣を取ると帯に下げ、愛用の鉾を握りしめて立ち上がった。急いで見張り櫓の上に登り、沖の方を見る。その見張り櫓はこの半月の間に作らせた城柵の上にある。ミナカタ軍が上陸する場所は、ここの海岸の地形からしてこの浜辺の約一キロの範囲しかないと、フツヌシたちは見極めていた。城柵はその一キロにわたってイズモ城柵の木材を使って作られた。城柵上部の内側には幅二メートルほどの木組みの通路が作られ、兵士は通路を自由に行き来し、どこからでも弓を撃てる。城柵の上から矢を放てば、十メートルの高さから浜辺の敵に矢が降り注ぐ仕組みだ。

月明りの中、二十隻ほどの大船団が西の入り江に入って、こちらに向かって進んでくる。兵力はざっと六百人。船の上には、兵士たちがすでに立ち上がり鉾を構えているように見える。戦いの意気込みは満々だ。空は晴れ、風も静まって波はなく、敵の船のまわりの海が月光にきらきらと輝いている。フツヌシの兵士たちは既にそれぞれの持ち場につき待機していた。タケミカズチ配下の兵士三百人は城柵の上を密かに移動し、ミナカタ軍が上陸しそうな浜辺を見下ろす城柵の上に陣取った。彼らは三人一組で弓を構えて並んだ。準備よしとみたフツヌシが手を振って合図を送ると、タケミカズチの号令が響いた。

「よーし、篝火の準備だ！　兵は皆、弓に矢ばつがえて待て！」

タケミカズチは短剣を高く掲げて時が来るのを待った。

ミナカタ軍は船を横一列に並べ、真っ直ぐ浜辺に向かっている。全軍一斉に上陸しようという作戦だ。船の櫂が立てる規則的な波音だけがあたりに響く。これから始まる戦さへの秒読みだ。待ち構えるフツヌシ軍にも緊張が走る。波音はぐんぐん近づき、ミナカタ軍兵士が船の中に立ち上がって浜辺に上陸しようとしたまさにその時、タケミカズチの号令が響いた。

「篝火ばつけよ！」

城柵の上に据えられた百か所の篝火に一斉に火が入れられ赤々と燃え上がった。篝火は上陸しようとするミナカタ軍の兵士たちを照らし出した。ミナカタ軍の兵士が驚いて篝火を見上げた時、再びタケミカズチが叫んだ。

「狙え！　撃て！　撃て！　撃ちまくれ！」

城柵の上からタケミカズチの兵士が放った百本の矢がミナカタ軍に降り注いだ。ミナカタ軍の船には、横からの矢は防げるように舷側に盾が装備されていた。ミナカタ軍の兵士たちはあわててその盾の後ろに隠れようとした。しかし高い櫓から放たれた百本の矢はその盾を越えてほとんど真上から兵士たちに襲いかかった。ミナカタ軍の兵士たちが手持ちの盾を構えようとした時には、すでに百本の矢がミナカタ軍の兵士たちを射抜いていた。

「間を空けるな！　撃ち続けよ！」

タケミカズチが叫ぶと、間髪を入れず第一の射手列が後退、第二、第三列の射手が次々と前方に進み出て矢を放ち続け、ミナカタ軍は混乱の極みに達した。手持ちの盾に隠れてタケミカズチ軍に応戦しようと弓矢を構えたが、容赦なく矢は降りかかる。他に遮るものもない海岸で手持ちの盾しか持たないミナカタ軍は、タケミカズチ軍の高い位置からの攻撃には格好の標的にされるだけだった。この時代の弓は力が弱く、相手に致命傷を負わせることはできなかったが、戦闘能力を失わせるには十分だった。ミナカタ軍の兵士は何本もの矢を受けて戦えなくなる者が続出した。

「船から盾を下ろして水際に立てろ！　敵の矢を遮るのじゃ！」

ミナカタが肩に刺さった矢をへし折って叫ぶ。戦える兵士たちは浜に上陸し、舷側から降ろした高さ二メートル以上もある盾を浜辺に並べ立てた。

「矢をつがえろ！　柵の兵士を狙え！」

ミナカタの叫び声が再び響いた。盾の列の陰に身を隠したミナカタ軍の兵士たちは城柵の上の兵士に矢を射る体制に入った。

その様子を見てフツヌシは再び合図の手を挙げた。ミナカタ軍の背後の水面から大きな鬨の声が上がった。ハヤヒとイクメが率いる十五隻、四百人の水軍が島の陰から雲のように湧き上がり、ミナカタ軍の背後に迫ってきた。

「撃て！　敵を混乱させろ！」

ハヤヒとイクメが声も涸れんばかりに叫んだ。城柵の上からと背後の海の双方から容赦なく矢が射かけられ、ミナカタ軍は再び大混乱に陥った。

「まずい！　皆の者！　船に戻れ！」

ミナカタは兵士たちを怒鳴りつけた。まだ動けるミナカタ軍の兵士は慌てふためき船に戻ろうとした。しかし上陸した六百人の兵士のうち半数は船に戻れず浜辺で矢に当ってその場に倒れこんでしまった。城柵の上でタケミカズチが叫んだ。

「敵は退却したぞ！　今だ！　柵から降りろ！　次の作戦だ！」

城柵の上のタケミカズチ軍は、ミナカタ軍が退却したのを見届けると、城柵から降りて次の作戦に走った。

残ったミナカタ軍は船を沖に戻して体制を立て直し、ハヤヒ、イクメの船団に立ち向かおうとした。その時、再び背後から別の雄叫びが上がった。

「今だ！　ヤマダ国の力思い知らせてやれ！」

フツヌシの声だった。ミナカタ軍があわてふためいて海に逃れた隙にフツヌシとタケミカズチが城柵を出て、葦の陰に隠しておいた船で海上に進み出たのだ。二十五隻、六百人の船団だった。フツヌシ、タケミカズチの船団とハヤヒ、イクメの船団に挟み撃ちになったミナカタ軍の船には再び雨のごとく矢が撃ち込まれた。しかも舷側の盾は砂浜に置いてきたため撃ち込まれる矢を防ぐものは何もない。ミナカタ軍も応戦しようとしたが、挟み撃ちになった状態では効果的な戦いは出来なかった。船の上で倒れる兵士がさらに続出した。やがてフツヌシの船団はミナカタの船団に迫ってきた。挟み撃ちになったミナカタ軍の船は右往左往して、どちらの敵に向かうかさえ統一がとれていなかった。

その中、勇猛で知られたミナカタはひとり船の上に仁王立ちになって鉄鉾を突き上げ叫んだ。

「おのれ！　アズミのへなちょこめ！　この鉾を受けてみよ！」

そう叫びながら二メートルを超す巨体が振り回す鉄鉾にフツヌシ軍の船はミナカタの船の周りで立ち往生していた。その時タケミカズチが自船からミナカタの船にひらりと飛び移った。

「ほざけ！　ミナカタ！　わが剣受けてみよ！」

そう叫ぶとタケミカズチは空中に舞いあがり、ミナカタの首に向かって短剣を振り下ろした。ミナカタは一瞬身をかわしたが、右の耳を切り落とされていた。タケミカズチはミナカタの背後に回ると、さらに数人のミナカタの兵士を水中に蹴倒した。そして帆柱を思い切り蹴って宙を舞うと、再度空中からミナカタに短剣を振り下ろした。ミナカタはタケミカズチを振り払うと、鉄鉾をタケミカズチの頭めがけて振り回した。しかし素早く舷側を蹴って方向を変えたタケミカズチはまたも空中高く舞い上がり、ミナカタの頭上に襲いかかった。タケミカズチの剣はミナカタの左目を切り裂いた。ミナカタは右耳から血を流し、左目を押さえながら隣の船に飛び移り、かろうじて難を逃れた。ミナカタの兵たちもそれに続いた。

「退却！　者ども退却じゃ！」

ミナカタは配下の兵士に怒鳴り、自らの船も沖に向かって急がせた。

「ミナカタ！　逃げるのか！　卑怯だぞ！」

タケミカズチは船上から叫んだ。フツヌシも戦場から離脱しようとするミナカタを追うよう漕ぎ手に命令を出し、逃げるミナカタに大声で叫んだ。

「ミナカタ！　ヤマダ国のフツヌシだ！　この戦さ、おれがもろうた。この上は中つ国はヤマダ国が支配するが異存はなかな！」

ミナカタは振り向いた。そこにはフツヌシが船の舳先に立ち上がって天叢雲剣を掲げているのが見えた。

「何を言うか！　中つ国はオオクニヌシの支配する国と決まっておる。ヤマダ国のものになどならぬ。中つ国が欲しかったら王の証を見せてみろ！」

ミナカタは血の噴き出す左目を押さえながらも大声で応酬した。

「これば見ろ。オオクニヌシの持っとった天叢雲剣は頂いた。中つ国の王の証じゃ！」

「馬鹿を言うな。剣だけでは中つ国の王の証の半分だ。勾玉と剣の二つが揃わなければ王の証にはならぬわ。もっとも勾玉はわしが持っておるがな。わははは」

そう言い残してミナカタは波間に去っていった。戦闘で生き残ったおよそ数隻の船もその後に従い、ミナカタ軍は日本海の彼方に消えた。フツヌシ軍の損害は今回も軽微だった。作戦が功を奏したのだ。

「浜辺のムナカタ兵は皆小屋に運べ。海に浮いている者も皆拾い上げるのだ。傷の手当てをしてやれ。無意味に死なせてはならぬ」

タケミカズチたちは負傷したムナカタ兵の傷の手当てを指示した。ヤマダ国の兵士たちは海に浮かんだムナカタ兵を助け上げ、浜辺の兵士を担いでイズモ城柵に運んだ。幸いムナカタ兵の傷は浅いものが多かった。ムナカタ兵は矢による負傷だったので致命的な傷を負った兵士はほとんどいなかったのだ。敵軍の傷の手当てをしてやるヤマダ国兵たちにムナカタ兵たちは当初は驚いたが、最後に感謝しない者はいなかった。イズモの兵士たちもムナカタ兵の手当てに手を貸した。

一方、フツヌシはミナカタの言った言葉を反芻していた。オオクニヌシとコトシロヌシは捕らえた。王の証、天叢雲剣も手に入れた。ミナカタを降参させたら、この剣を持ってヤマダ国に帰ればいいと思っていた。しかし、王の証はもう一つあるという。それら二つが揃わなければ、中つ国の他の国はヤマダ国に従わないのだろうか。

その夜、フツヌシはアケビを呼んだ。赤銅色の手でアケビを抱き寄せフツヌシは聞いた。

「アケビ、お前は中つ国の王の証の玉とかいう物について聞いたこつがあるか？」

「はあ」

アケビはため息ともつかぬ声で答えた。

「ああ、八尺瓊勾玉（やさかにのまがたま）のことでございますか」

「八尺瓊勾玉？　何だそれは」

アケビは起き上がって薄物を羽織り、乱れた髪をまとめると、枕元に置いてある酒の甕を持ち、杯をフツヌシに勧めながら言った。

「仰せのとおり中つ国の王の証でございます」

「中つ国の王の証はこの天叢雲剣だけではないのか？」

「はい、中つ国の王の証はもう一つございます。八尺瓊勾玉という、八尺の紐に大きな勾玉を八つ連ねた首飾りにございます」

「それはオオクニヌシが持っておるのか？」

「いいえ、今はミナカタ様が持っているとか。オオクニヌシ様がお渡しになったと聞いております」

「なぜ、オオクニヌシはその勾玉をミナカタに渡したのか？」

「いずれ跡継ぎにとお考えだったようですが」

「そうか。それで合点がいった」

フツヌシは杯をあおってアケビにも飲むよう差し出した。アケビは微笑んで杯を受け取った。


翌日、フツヌシはタケミカズチ、イクメ、ハヤヒと共にオオクニヌシの牢に行った。

「ふん、お前が無事で戻ってきたということは、ミナカタは敗れたということか」

オオクニヌシは権力の象徴である、勾玉や管玉を長く連ねた首飾りを弄びながら言った。

「まあ、わしもお前の奇襲に気が付かなかったぐらいだからな。ミナカタを待てば戦さに勝てると思ったのも間違いかのう。わしも耄碌したということか」

「ミナカタは剛の者かもしれぬが、少し知恵が足りぬ。われらの力を見くびっておったの」

イクメがオオクニヌシに言った。

「しかし、その様子ではミナカタを討ち損じたな」

オオクニヌシは愉快そうに笑った。するとフツヌシの後ろに控えていたタケミカズチが言った。

「ああ、おぬしの倅は図体の割に逃げ足が速い。しかし今頃は片目、片耳を失って苦しんでいるであろうがな」

「ほう、ミナカタにそのような手傷を負わせられる奴とは……」

オオクニヌシはタケミカズチを睨んだ。フツヌシがオオクニヌシに問いかけた。

「そげんこつより聞きたかこつがある。八尺瓊勾玉とはどげんものか。なにゆえ中つ国の王の証が二つある」

「ふん、八尺瓊勾玉のこと誰から聞いた」

「お前のせがれが逃げ出す時に叫んでおったのよ。それがなければ中つ国の王にはなれぬとな」

「あの馬鹿がそんなことを言うたのか。それでは仕方ないの」

オオクニヌシは諦めたように乾いた笑いを浮かべ、ゆっくりと座り直した。そして思い直したように顔を上げると大きな声で話し出した。

「よく聞いておけ。八尺瓊勾玉はコシ国の王の証であった玉よ。八尺の紐に大きな勾玉を八つ繋いだものだ。わしがコシ国のヌナカワ比売と契を結んだ時、コシ国がイズモ国に従う証として贈られた玉じゃ。それ以来、イズモと越を合わせた中つ国の王となる者は、イズモの天叢雲剣と、コシの八尺瓊勾玉の二つを以って王の証としたのよ」

「ならば八尺瓊勾玉ば持たぬ者は中つ国の王と認められんというこつか？」

「そのとおり。わしに従うてきた中つ国の城柵の王たちは、その二つの宝を持つ者を王だと信じておる。二つが揃わぬと王とは認めはせぬわ」

「なぜ王の印が二つもいる。イズモの剣だけでよいであろうに」

　フツヌシはオオクニヌシの不遜な態度にいら立っていた。

「お前もミナカタと同じで分かりが遅いのう。小国の王が大国の王に従う時、何を望むと思う？　よいか、小国の王が望むのは、『自分の力が足りぬせいで大国の王に従うのではない。大国の王が我らを支配することを、神が許したのだ』という言い訳だ。そして、その証を求めるのだ」

「それが宝物だというのか？」

「そうだ。イズモでは先代の王がお前たちアズミ族を破った時の戦利品だ。それは神が先代のスサノオに王となれと命じた証であった。しかしコシには別の宝物があった。八尺瓊勾玉は、コシ国では神が王になれと命じた者に与えられる宝だと信じられていたからな。それぞれの国に従う王たちはそれぞれの宝物しか信じない。それで宝物は二つになったのよ」

「ではなぜ八尺瓊勾玉は筑紫のミナカタが持っておるのだ」

「もともとミナカタはコシ国の生まれだからだ。わしと、死んだヌナカワ比売との間に生まれた子じゃからな。あいつは人並み優れた息子じゃったから跡継ぎにと思うた時、あいつの母親ヌナカワ比売から送られた八尺瓊勾玉をミナカタに返してやろうと思うたのよ」

ハヤヒが聞いた。

「ミナカタはどこへ行った。ムナカタ国か？」

「ムナカタ国ではあるまい。コシ国であろう」

オオクニヌシあっさりと答えた。

「コシ国へ逃げたのか。ムナカタ国ではないのか」

「分からんが、ミナカタはムナカタ国の生まれではない。おれが無理やりムナカタ国の王にした。ムナカタ国へ逃げても、その国の奴らはまだミナカタに本当に従っているわけではあるまい。戦さに敗れて帰ってきた王を見てその王を匿うと思うか。逆にこの時とばかりに殺されるのが落ちだろう。それならミナカタの生まれ故郷、コシ国ならちゃんと匿ってもらえるだろうからな」

オオクニヌシは淡々と答えた。嘘を言っているようには見えなかった。戦さに負けた王はもはや王ではない。ミナカタはコシ国に逃げた。フツヌシはそう確信した。フツヌシたちはコシへ遠征する準備に入った。

第7章　中つ国平定

身の回りはアケビが甲斐甲斐しく世話してくれた。アケビは従順で愛想もよく、きびきび働いた。夜になるとフツヌシの寝床を整え、添い寝に呼ばれるのを待っていた。

フツヌシは寝床を整えているアケビに声をかけた。

「アケビ、今宵は添い寝ばせい」

「はい」

アケビは笑顔で振り向いた。しかしアケビがフツヌシに愛情を持っているわけではない。そのことはフツヌシにもよくわかっていた。あくまで、フツヌシは当面の主で、庇護をしてくれる相手であり、その限りでの男女の仲だった。

「アケビ、お前はおれの世話をしとらん時は何ばしとるとか?」

フツヌシはアケビの丸い尻を撫でながら聞いた。アケビはフツヌシの厚い胸板に指で何かを書きながら答えた。

「私は商売をしています」

「商売とな?」

「はい、ワカメを商います」

「ほう、ワカメが売れるか」

「はい、山に住む者たちは塩をなかなか手に入れることができませぬ。そこで塩の代わりに干したワカメを味付けに使います。ワカメは塩の代わりになります」

「ほう、それは良いところに目を付けたな。良い商いになるのか？」

「いえ、大した商いではありませぬ。しかし、娘を他人に育ててもろうておりますので、その礼のために必要なぐらいは稼いでおります」


　その数日後、アケビを海岸で見かけた。アケビは女たち数人と水が冷たくなっている海に入って採ってきたワカメを砂の上に広げ天日で干している。そばでアケビの娘が遊んでいた。フツヌシは気付かれぬよう離れた松の木陰に座ってその様子を見るともなく見ていたが、女たちの会話が風に乗って途切れ途切れに聞こえてきた。

「イズモの男どもも不甲斐ないやね。ヤマダ国の奴らにろくに戦いもしないでやられてしまうとはさ」

「そうさね。いつも威張って中つ国の王だなんて言っていたオオクニヌシ様も、結構だらしなかったね」

「男なんてそんなものさ。ふだん威張りくさっているけど、肝心のときには頼りにならん」

「それにしてもヤマダ国のフツヌシという将軍はいい男だね。あのぶ厚い胸板。胸がきゅんとなるね」

「あんな男に一度でいいから抱かれてみたい。尻も引き締まってるしな。たるんだ腹と尻はもううんざりだよ」

「ねえ、アケビ様、フツヌシはあっちの方もきっといいんだろうね。ねえ、どうなんだい」

女たちはアケビにゆるんだ笑顔を向けてたずねた。

「フツヌシ様も他の男と変わらないさ。今は優しくしてくれるけど、いつかはどっかに行ってしまう人さ。男はいつもそうだよ。勝ったの負けたのって戦さが好きなんだよ。女子供のことなど何とも思ってないさ。だから少しでも自分で稼いでおかないと。男がいてもいなくても私ら女は子供を育てて暮らしていかなければならないのだから」

アケビの言葉はフツヌシを驚かせた。アケビは笑顔の裏にこういう顔を持っていたのだ。フツヌシは戦さに巻き込まれながら懸命に生きる女の姿を見た気がした。

「アケビ、明日おれはコシに発つ」

出発の前日フツヌシはアケビを抱きながらそう切り出した。

「おれがおらんようになったら、お前はどうするつもりだ」

アケビはフツヌシに後ろから乳房を抱かれたまま、しばらく黙っていたが、やがてぽつりと言った。

「そうですか。主様もやはり行っておしまいになるのですね」

そしてしばらく沈黙の後、アケビはいった。

「私は何も変わりませぬ」

「何も変わらぬ。このままイズモ城柵に居るということか?」

「はい、イズモ城柵を離れても私に行くところはありませぬ。トットリ国に戻ろうにも誰も頼れる人など居りませぬから」

「親兄弟はおらぬのか」

「母親はとうに亡くなりました。同じ腹の兄弟は残っているかも知れませぬが、私を受け入れる者は誰もいないでしょう」

「どうしてだ」

「私はイズモの将軍がトットリの女に産ませた子で、オオクニヌシの侍女です。トットリ国の者にとってイズモは憎い仇ですから」

そう言ってアケビはフツヌシの腕をするりと抜けると柔らかい薄布を纏い部屋から出ていった。帰ってきた時アケビは酒の甕と杯を抱えていた。杯の一つをフツヌシに渡すとアケビは酒を注いだ。

「いずれ主様もどこかへ去ってしまわれる方だと覚悟はしていました。私はそういう運命のもとに生まれているのでございます」

そうしてアケビはもう一つの杯に自ら酒を注ぎ、ぐいと一気にあおった。そしてフツヌシの厚い胸板に身を投げ出すとすべすべした腕で絡みつき、首筋や胸元に唇を押し当てた。

翌日、フツヌシたちはハヤヒに二百人の兵士を託してイズモに残し、八百人の軍勢でコシ国へと旅立った。船が出る時、アケビは浜まで娘と一緒に見送りに来ていた。

その眼には涙が浮かんでいた。フツヌシはアケビが涙を浮かべるのを見たのは初めてだったことに気付いた。


　フツヌシの船団はイズモを発って、山陰、北陸の海岸沿いに北上しミナカタを追った。秋の訪れで日本海の波は少し荒くなっていた。イズモを発って一か月後、フツヌシたちは現在の新潟県にあたるコシの海岸に到達した。低い山から海に流れ込む川の河口だ。秋になり雨が多くなった。川岸には一面彼岸花が咲いていた。フツヌシはタケミカズチたち隊長を呼んだ。

「タケミカズチよ、イズモで聞いたコシの地形からすると、コシ城柵は大きな湖の南の岸にあると言うとったな。ここからその湖の入り口までは、あとどのくらいある？」

「湖の入り口まではまだ百里（四十キロ）ほど北に行かなければならぬはずです。そうですよね、イクメの兄貴」

「ああ、イズモで聞いた話では、コシの湖は壺の形ばしとって、コシの城柵は湖の南の岸、壺の底の位置にあるとい言うとりました。海から湖に入るにはタケミカズチの言うとおりあと百里ほど海を北上して壺の口まで行かねばならぬていうこつでしょうな」

「そうか、コシ城柵まではまだ二日以上かかるか。しかし城柵に近づく前に様子ば探らねば。ミナカタの動向も知りたかしな」

するとイクメがにやりと笑いながら言った。

「統領、しかしですぞ、情報ではコシ城柵は湖の入り口から七十里（三十キロ）ばかり南に戻った所っちゅうこつですな。て言うこつは、この山の向こう側のちょこっと北にコシ城柵があるとじゃなかですか」

タケミカズチが頷いた。

「おお、そうですね。ここから船でコシ城柵に行くには、海岸沿いに百里北に行って湖に入り、また湖を七十里南に戻らなければならない。とすれば、目の前の山を越えてしまえばすぐそこにコシ城柵があるはずですよ。よし、城柵の様子を探るのはおれに任せてください」

タケミカズチは十人ほどの配下と山を登って行った。数日後、配下と共にタケミカズチは戻ってきた。

「コシ城柵の様子は分かったか」

　フツヌシに聞かれてタケミカズチたちは調べてきたことを詳細に報告した。

「はい、イズモで聞いてきた話はおおむね正しいようです。目の前の川を十里（五キロ）遡り、いったん上陸して十里ちょっと北に行くと大きな川に出ます。信濃川という川です。その川を下って北にもう十里ほど行ったところにコシ城柵があります」

「ほう、思ったより近かな。ところでコシ城柵の様子はどうだった？」

「コシ城柵は思ったより静かです」

　タケミカズチに続いて兵士たちが答えた。

「夜の闇にまぎれて城柵の中ば覗いてみたとですが、城柵の中にミナカタ軍の兵士は見当たらんです。コシ城柵の兵士のごたる者が見張りや門の守りについとりますが、数もおらんし、それほど物々しうはなかです」

「ミナカタの兵士たちはコシ城柵の近くにはおらんようです。何日か前に城柵ば出て信濃川ば遡って行ったて村のもんから聞き出しましたが」

「手分けして城柵ば中心に一日探しましたが、全く兵士たちの気配はなかです。このあたりの山にも隠れとりませんし」

「ミナカタが隠れとるとすりゃ河口の葦の原ですが、これは広すぎて調べようがなかです」

「ミナカタは我らに恐ればなして逃げたとではなかか」

一人の兵士が言うと他の兵士も「そうじゃ、そうじゃ」と皆笑いながら膝を叩いた。

フツヌシは兵士たちを静止し、タケミカズチに聞いた。

「コシ城柵の兵士の数はどれくらいだ?」

「まあ、今城柵に居るのは五十人というところでしょう」

イクメが腕組みをして空を睨んだ。

「ミナカタは我々が来るこつば知っとったごたるですな。まあ、いずれ我々が追ってくるとは思とったでしょうけん、近くの山から我々ば見張っとったとかもしれませせん。気付きませんでしたが、狼煙が上がっとったとかもしれません」

「そうだな。タケミカズチ、イクメ、お前たちがミナカタならここはどうする」

フツヌシに問われイクメが答えた。

「そうですな。ミナカタの兵力はコシ城柵の兵力と合わせてもせいぜい二百人。わしらの兵力の四分の一ちょっとです。まともにぶつかって勝ち目はなか。とすれば、よほどわしらが思いもよらぬ策ば講ぜずばならんですな」

「どげん策か」

「さあ、不意打ちばするか、気ばゆるした隙に襲うか。数日前に信濃川ば遡って行ったと見せたんも、わしらを欺く策かもしれません」

　タケミカズチが続けた。

「コシ城柵は大きな湖に面しています。ただし……」

「ただし、何だ」

「湖の岸辺は一面の葦の原になっていまして、敵の船が隠れるとなかなか見つけられません。そこから不意に襲われると戦さが不利になります」

「おお、なるほどな」

「たぶんミナカタ軍は闇にまぎれて、引き返し、城柵から少し離れた葦の原に潜んでいるに違いないかと」

　タケミカズチにはミナカタが全く戦いもせず、逃亡するなどとは考えられなかった。逃亡しても行くところなどあるはずもない。やはり、どこかに隠れている。タケミカズチは進言した。

「統領、ミナカタは我々水軍が山を越えてくることなど思いもつかないでしょう。きっと湖の入り口を通り、湖を渡ってコシ城柵にやってくると思っているはずです。それで葦の中に隠れて待ち伏せしているんでしょう」

「とすれば、裏ばかいてまた天を翔けるか」

そう言うイクメに応えてタケミカズチが笑った。

「そのために我々の船は軽く作ってあるではありませんか」

「よし、天を翔けるぞ。皆の者に十分休みば取らせてから発つぞ」

フツヌシはタケミカズチとイクメの肩を叩いた。


翌朝、フツヌシたちの船団は海岸から川を遡って行った。上流で船を陸揚げし、二十人で船を担いで峠を越える。峠は思ったほど険しくなく、翌日にはすべての船が峠を越え、コシ城柵の五キロほど上流の信濃川に浮かんでいた。この川を下ればコシ城柵は目と鼻の先だ。そのうえミナカタ軍の潜んでいるやも知れぬ危険な葦の原は通らなくて済む。食事と休息を取って兵士たちは戦さに備えた。夜の闇が降りるのを待ってフツヌシたちの船団は信濃川を下り、湖に出る手前で上陸し林の中に密かに陣を張った。コシ城柵までは二百メートルも離れていない。

次の日は朝から晴れて秋の風が心地よかった。タケミカズチ、イクメは城柵の様子を見ながら笑っていた。

「見ろ、コシ城柵はおれたちの旗の数ば見て大慌てだぞ」

「ほんとですね。柵の上から大勢が顔を出したり引っ込んだりして。それがさっきからずっとですからね。突然おれたちが現れたんでかなり驚いたんでしょうね」

「ほら、峠越えはやっぱり効果があったとばい。コシの奴ら、朝起きてみたら俺たちに囲まれとったけんそらたまがったろう」

その後、城柵は静まり返った。

フツヌシは城柵が静まり返ったのを見て、命令を出した。

「よおし。盾と鉾ば打ちならせ！　法螺ば吹け！　威嚇しながら城柵に迫るのじゃ！」

盾と鉾を打ち鳴らし、法螺を吹き鳴らしてフツヌシ軍はコシ城柵に向かって威嚇しながら進軍した。そして突然威嚇をやめて進軍をやめた。コシ城柵までは百メートルのところに迫っていた。その後の静けさがさらにコシ城柵に恐怖を与えているはずだ。フツヌシは待った。城柵がどう出るか。またミナカタはどこから攻めてくるのか。緊張のひと時が流れた後、コシの城門が鈍い音を立てて開いた。門の中には美しく着飾った女が一人、供の者と一緒に立っていた。首にはコシの特産である翡翠の勾玉をかけている。女はよく通る声でフツヌシ軍に呼びかけた。

「コシの王、ヌナカワと申します。ヤマダ国のフツヌシ将軍を謹んでお迎えいたします。どうぞお入りくだされ」

コシ城柵の出方を見守っていたフツヌシとタケミカズチたちは事の成り行きに驚いた。タケミカズチがつぶやいた。

「コシの王は女であったか」

フツヌシも驚きを隠せず言った。

「ふむ、それにヌナカワと名乗らなかったか。ヌナカワ比売とはオオクニヌシの妻となったコシ国の比売でミナカタの母親だぞ。もう死んだはずだが」

「どうされます？」

「どげんもこげんもなかろう。相手が迎えるて言うて門ば開けたとじゃ。中に入らんわけに行くまい。タケミカズチ、兵士ば三百人ぐらい率いてついて来い。城柵に入るぞ」

イクメはフツヌシに言った。

「わしは残りの兵士ば率いて城柵ば囲みます。何かあればすぐ駆けつけます。十分用心ばしてくださいさい。罠かもしれません。まだミナカタがどこにおるのか分かっとらんですから」


フツヌシはタケミカズチたち三百の兵士を連れてコシ城柵に入った。城門に立つヌナカワ比売は深々と頭を下げ、最上級の挨拶である四回のかしわ手を打った。宮殿の広間に通されたフツヌシが一段高いところに据えられた床几に腰を下ろすと、ヌナカワ比売を先頭にコシ城柵の長老と思しき人々が十人ほどフツヌシの前にひれ伏した。タケミカズチはフツヌシの横に立った。

「フツヌシ将軍、ようこそおいでくださりました。ヌナカワでございます」

女王は再度四回かしわ手を打つと、またも深々とお辞儀をして顔を上げた。目鼻立ちのはっきりした面長の顔を見てタケミカズチは美しい女王だと思った。フツヌシの眼も輝いている。美しいだけではなく、ヌナカワ比売の物腰には王の気品が備わっていた。タケミカズチは初めてヒミコに会った時のことを思い出した。ヒミコにも言い知れぬ威厳が備わっていた。しかしヌナカワ比売とは異なり、ヒミコの威厳は広く深く、身を委ねて縋りたくなるようなものだった。ヌナカワ比売の威厳はもう少し厳しく女性の身で一国を率いる王である緊張を感じさせた。フツヌシが声をかけた。

「フツヌシと申す。すでにミナカタから聞いておると思うが、ヤマダ国のヒミコ様が中つ国を望んでおられる。おれはその使いで参った。オオクニヌシとコトシロヌシはすでにわれらに下った。後はミナカタだが、中つ国の王の証ば持って我らの前から逃げてしもうた。その証、もともとコシ国の王の証とか。心当たりはなかか。もしそなたが持っておるならおれに渡してもらおう。逆らうと辛かことになるのは分かっておろうな」

フツヌシはできるだけ穏やかな物言いに努めた。ヌナカワ比売はかしこまって聞いていたが、おもむろに答えた。

「八尺瓊勾玉のことにございますね。それはここにございます」

ヌナカワ比売は絹の袱紗に包まれた大きな首飾りを出した。黒い勾玉を繋いだ首飾りで八尺あることから八尺瓊勾玉という。

「弟がフツヌシ様に渡すようにと置いていきました」

「ほう、勾玉を置いて行ったと申すか。それはよか心がけじゃ。ところで、ミナカタはそなたの弟と言うたか。そなたはミナカタの姉か」

「はい、私は先代のヌナカワ比売と、この地の将軍カネシカとの間に生まれた娘にございます。オオクニヌシが攻めてきてカネシカは討ち死に、コシ国はオオクニヌシのものとなりました。母はオオクニヌシと結ばれミナカタを生みました。その後、母が死に、私がヌナカワの名を継いだのでございます」

「そうであったか。それで相分かった。ところで、ミナカタはコシまで逃れて、まだ逆らう気ではなかったのか」

「滅相もありませぬ。ミナカタは尾羽打枯らし、ほうほうの体でコシ城柵に辿り着きました。共について参った兵士も傷を負った者ばかり。私どもはその世話で明け暮れました。ようやく兵士たちの傷も癒えた頃、西から知らせが参りました。フツヌシ将軍がイズモを発ったという知らせでございます」

「ほう、そんなに早くからおれたちの動きを探っておったとは、さすがコシのヌナカワ比売だな」

「探っていたのではありませぬ。噂話が耳に入ったのでございます。ミナカタは恐れました。そこでミナカタは兵士たちを連れてシナノに退くことにしたのです。今のミナカタにはフツヌシ将軍と戦う力はありませぬ。私はその旨をフツヌシ将軍に伝えるよう託されました」

「それで、その証に八尺瓊勾玉ば置いていったというわけか。つまり、ミナカタばこれ以上追うなということだな」

「左様にございます。ご納得いただけましたか」

「相分かった。では八尺瓊勾玉ばもろうて引き上げることとしよう」

フツヌシは袱紗に包まれた八尺瓊勾玉を懐に入れると立ちあがり、この場を立ち去ろうとした。その時、ヌナカワ比売がにっこり笑いながら声をかけた。

「将軍、そうお急ぎにならずともよいではありませぬか。せっかくヤマダ国とコシ国が好誼を結んだよき日にござります。ゆるりとされてはいかがです。すぐ宴の手配をさせますれば」

ヌナカワ比売がそう言い終わるや、待っていたかのように侍女たちが部屋に入ってきて、馳走を山盛りにした高坏をフツヌシと兵士たちの前に並べた。酒の甕を持った侍女も続いた。たちまち部屋は賑やかな宴席と化した。フツヌシも兵士たちも勧められるままに料理を貪った。タケミカズチも遠慮なく料理を平らげた。同じ頃、宮殿の外に待機していた兵士とイクメたちの陣営にも馳走と酒が届けられていた。しばらくするとフツヌシをはじめ、兵士たちはすっかり酔いが回り、その場に寝入ってしまった。

フツヌシたちが酔って眠りこけたころ、城柵の前方の葦の陰から十隻ほどの船が現れた。やはりミナカタ軍は葦の原に隠れていたのだ。湖岸に着くとミナカタ軍の兵士が二百人ほど上陸してきた。左目に眼帯をして、右耳に包帯を巻いたミナカタが先頭にいる。

「ミナカタ様、ヤマダの兵士らは湖を渡ってくるはずだったのではありませんか？」

ミナカタの副官が聞いた。

「ああ、北の海からコシの城柵に来るには湖を渡ってくるしかないはず。そうすれば湖の岸の葦の原に迷い込み右往左往すると読んでいたのじゃが」

ミナカタは首をかしげながら言った。

「そこを突けばわれらの少ない兵力でもヤマダの奴らをせん滅できると思ったのだがな。湖を渡らんでどうしてコシ城柵の目の前に陣取れるのか」

「ヤマダの兵士は天空を飛ぶ神通力でもあるのですかね。空中を飛び回る銀髪の女にミナカタ様でも耳と目をやられたではないですか」

「うるさい！　あれはちょっと油断しただけじゃ」

ミナカタは兵士を怒鳴りつけコシ城柵の周りに林立するヤマダ国の無数の旗印をにらみつけた。


軍勢は二手に分かれ、ミナカタの部隊は城柵へ、もう一方はイクメたちの陣地へ忍び寄る。イクメの陣地では、兵士たちがヌナカワ比売のあつい接待を受け、泥酔満腹、全員正体なく眠りこけている。ミナカタ兵士が武器を振り上げまさに襲いかかろうとした瞬間、がばっとイクメが起き上がり大声で叫んだ。

「敵じゃ！　矢ば撃て！」

その声を聞くや城柵内のタケミカズチも一瞬で立ち上がり叫んだ。

「今だ！　応戦しろ！」

　イクメ軍の兵士は一斉に起き上がるとたちまち矢をつがえミナカタ軍に一斉射撃を浴びせた。タケミカズチ軍の兵士も瞬時に立ち上がり、それぞれ鉄鉾、鉄戈を手に取って城門を飛び出していった。ミナカタ軍の兵士たちはイクメ軍の矢の前にばたばたと倒れていく。タケミカズチの率いる兵士たちが「おおー」と雄叫びをあげながら鉄鉾、鉄戈をかざして一気にミナカタ軍に襲いかかる。タケミカズチも瞬く間にミナカタの兵士たちを数人倒していた。ミナカタ軍の兵士は慌てた。酔い潰れていると思っていたフツヌシ軍が突然反撃してきたからだ。ミナカタはそれでも大声で叫び兵士たちを叱咤した。

「恐れるな！　敵に立ち向かえ！」

　しかしその声も空しく、ミナカタ軍の兵士たちは乗ってきた船の方へ退却し始めた。フツヌシ軍の兵士は鉄鉾、鉄戈を振りかざしその後を追いつめる。片目を失ったミナカタは、以前のようには戦えなくなっていたが、それでも鉄鉾を振り回してフツヌシ軍の兵士を尻込みさせている。その姿に向かってタケミカズチが大声で叫んだ。

「ミナカタ！　タケミカズチだ！　今度は覚悟せい！」

　タケミカズチは飛び上がってミナカタに襲いかかった。今回はタケミカズチが圧倒的に有利だった。常にミナカタの左側へ回り込み短剣を突きだす。左目をやられているミナカタには左側は見えない。だがさすがに一国の軍を統率するだけあってミナカタの腕力は並外れていた。すさまじい勢いでぶんぶん鉄鉾を振り回し、タケミカズチが飛びのいた隙にミナカタは機敏に走り出した。

「退却！　退却じゃ！」

ミナカタ軍はやっとのことで船にたどり着いた。ミナカタは残った兵士たちと信濃川の上流へと逃亡するしかなかった。

城柵の中ではフツヌシが右手に剣を引っさげて、ヌナカワ比売の前に立ちはだかっていた。ヌナカワ比売は端然と座り、侍女たちは何が起きたのかわからないような面持ちでへたり込んでいる。コシ城柵の長老たちと兵士がフツヌシの兵士に取り押さえられ柱に縛り付けられていた。

「ヌナカワ比売、残念であろうな。なかなかの芝居であったぞ。八尺瓊勾玉までおれに渡して信じさせようとしたのにすまぬな。おれは疑り深いのじゃ」

「やはり初めから見抜かれていたのですね。このような猿芝居はフツヌシには通じないとあれほど言ったのに、愚かな弟のために要らぬところで恥をかいてしまいました」

「昔、スサノオがヤマダ国の兵士ば皆殺しにした時に使うた手という言い伝えがあるらしかな。だがな、同じ言い伝えはおれたちにも残っておってな。アズミ族の兵士はあれから、戦さ場で敵に振る舞われた酒は酔うほどは飲まぬのよ。それに、お前が差し出した八尺瓊勾玉は偽物であろう。イズモの国で聞いてきた話と玉の大きさが違う」

　ヌナカワ比売は憮然とした表情で座っているが、それはフツヌシに敗れたからではなく、弟の愚かな作戦に乗ってしまった自分に腹を立てているのだった。

「フツヌシ将軍、全て見抜かれていては仕方ありませぬな。ヤマダ国はコシ国も平らげたということです」

　ヌナカワ比売は臆することもなくフツヌシを見上げている。

「ところでコシを平らげた後、あなた様はどうされるおつもりです。中つ国の王になられるのですか」

「おれはヤマダ国に帰るだけじゃ。中つ国がヤマダ国に従うことを認めればおれに与えられた務めは終わりだ。これでヤマダ国に逆らう国はなくなる。ヤマダ国の人々は安らかに暮らせるようになる」

「そうでしょうか。戦さがなくなることはないと思いますが」

「何ば言うか。もうヤマダ国に逆らう国などなかろうが。戦さが起きる訳がなか」

「フツヌシ将軍、あなた様は将軍でありながらずいぶん素直なお考えをお持ちですね。物事を正面からのみご覧になる」

　ヌナカワ比売はくすっと笑った。

「何がおかしかか」

　フツヌシはヌナカワ比売を睨みつけた。

「ああこれは失礼なことを申しました。お許しくだされ。けれど、あなた様の純なお気持ちには打たれます。本当に戦さが無くなればよいとは私も思っております」

「何ばぐずぐずぬかすか。なんでまた戦さが起きると言うか」

「それはこの世に男がいるからでございます」

「なに！　お前もそげんこつば申すか」

　フツヌシはタマモに初めて会った時のことを思い出していた。確かタマモもそのようなことを言っていた。ヌナカワ比売は遠くを見る眼になりながら続けた。

「男というものは、いつも他と自分を較べて、人より上に立たないといられない生きものです。ほんの小さなことでも、おれが強いとか、わしの方が優れているとか。いつも諍いをして相手より自分の方が上でなければ気が済まぬではありませぬか。いま中つ国がヤマダ国に従っても、いつか必ずヤマダ国に従うことをよしとせぬ王が現れます。それはヤマダ国の中から現れるかもしれませぬ」

「ええい、もうよか。黙れ！」

フツヌシは大声で怒鳴りつけ、ヌナカワ比売は口をつぐんだ。しかしその眼はフツヌシの眼を静かに見返し、力で脅されても考えは変わらないことを告げていた。

「誰かこの比売ば別な部屋にお連れしろ」

フツヌシの命令を聞くや兵士が二人ヌナカワ比売を引っ立てようとした。

「待て、手荒なことはするな。コシ国の女王様ぞ」

フツヌシは笑いにならない笑い顔をした。


翌日、イクメに託した百人の兵士をコシ城柵の守りに残し、残り七百人のフツヌシ軍は信濃川を遡っていった。高原には秋の風が吹き、木々は色づき始めていた。信濃川は日本一の大河である。秋雨の増水期にあたったため、信濃川の水量は多く、流れは速かった。フツヌシの兵士たちは川を遡るのに大変な苦労をせざるを得なかった。

「統領、川の水が増えて、遡るのに苦労しますね。ミナカタが手負いの兵たちでこの川を遡ったのかと思うと哀れになりますね」

「そうさな。ミナカタは、なしていつまでも我らに逆らうのかのう。もう戦う力もないであろうに」

「まったくですね。やっぱり男だからですかね」

「おまえまでそげんこつば言うのか」

フツヌシは驚いたが、タケミカズチは澄んだ瞳でフツヌシを見つめた。


一週間後、フツヌシたちはシナノの穂高岳のふもとに着いた。そこは現在安曇野と呼ばれている。当時は十数件の家があるだけの寒村だった。後にアズミ族が住み着いたので現在の名称となったのだ。フツヌシはその村はずれに陣を張った。そこから陸路一日の所にスワの海と呼ばれる湖があることをコシ城柵で聞いてきた。現在の諏訪湖である。フツヌシはまたタケミカズチを偵察に派遣した。戻ってきたタケミカズチが報告した。

「ミナカタはスワの海の浜辺に陣を張っています。せいぜい百人程度しか兵士は残っていません。それに、奴らの鉾も戈も皆使い物にならぬように見えます。われらとの戦いで壊れた鉾や戈を直せないのでしょう」

タケミカズチが憐れむように言った。

「このあたりには鉄の鉾や戈を直せる鍛冶屋など居らんでしょうし、われらのように予備の鉾や戈を持ってもおらんでしょうから」

フツヌシが聞いた。

「奴らの陣はどうなっておる」

「陣というほどのものではありません。皆、湖のほとりの草原に盾を並べているだけで、柵もないし、壕も作られていない」

フツヌシは大きくため息をついて、タケミカズチの顔を見た。

「それでは戦さにならぬな。タケミカズチどうする」

「統領、おれたちは兵士です。兵士の本分は戦さ。敵がどうあれ、打ち倒すのが筋です。しかし」

　とタケミカズチは微笑んだ。

「しかし、戦えなくなった敵をいたぶっても後々恨みを残し次の戦さの種になってしまう。ここはイズモやコシの人々に恨まれぬように戦さを終わらせるのが上策と思いますが。ヒミコ様もそうおっしゃいました」

「うむ、お前らしい策だな。ところでどげんしたら恨みば残さず戦さを終わらせらると思うか」

「それはですね。……」


　フツヌシの軍は諏訪湖のそばまで進軍した。ミナカタ軍は岸辺に大きな盾を並べ、陣ともいえぬ陣を敷き野営をしていた。そこへフツヌシ軍の精鋭七百人が進軍し、陣の面前に盾を並べ、軍旗を翻して整列した。

　ミナカタ軍の兵士は動揺した。皆殺しにされるかもしれぬ。しかしミナカタはまだ降伏するつもりはなかった。

「恐れるな！　敵の脅しだ！　恐れるには足らぬ！」

そう叫んで鉾を持つと、周りの兵士たちを威嚇した。しかし配下の隊長たちの間に、これ以上フツヌシ軍と戦うのは無理だという声が上がり始めた。

「前へ進め！」

その時、フツヌシの号令が響き渡った。フツヌシ軍は隊形を整えてザクザクとミナカタ軍に向かっていった。この様子を見てミナカタ軍の兵士たちの一部は浮足立ち、背を向けて一斉に逃げ出した。その数、五十人あまり。

「逃げるな、肝の小さい奴らめ！　逃げる奴は斬り捨てるぞ！」

そう言いながらミナカタは鉾を振り上げ、逃げる兵士を後ろから脅した。逃げようとした兵士のうち、ミナカタの近くにいた者はその場にへたり込んでしまった。中には泣き出す者もいた。しかし、ミナカタの鉾が届かないところにいた兵士たちは我れ先にと逃げ出してしまった。見る見るうち兵士の数が減り、ミナカタの周囲には五十人ほどの直属部隊が残るだけとなった。しかもその兵士たちもただのおびえた集団になっていた。フツヌシ軍は容赦なく今や裸同然となったミナカタ軍に迫っていく。そしてミナカタ軍の並べた盾の列の五十メートル手前で突然止まった。しばらくの静寂の後、フツヌシが隊列の前に進み出た。手にはひときわ大きい鉄鉾が握られている。

「おれはヤマダ国の将軍フツヌシだ！」

その大声に、わずかに残ったミナカタ軍の兵士の間にざわめきが広がった。

「ミナカタよ、もうこれ以上の殺し合いは意味がない。速やかに我らに降伏して八尺瓊勾玉ば渡せ。そげんすればお前の兵士たちの命はとらぬことをば請け負う。それでも逆らうと言うなら皆殺しだ！」

そう言うと、フツヌシは鉄鉾で地面をどんとついた。

「分かった！」

ミナカタ軍の中から大きな声で返事があった。そしてミナカタは並べられた盾の間から自ら姿を現し、フツヌシ軍の前に立った。

「わしの負けじゃ。イズモのミナカタはフツヌシ将軍に降伏する。八尺瓊勾玉も渡す。その代り、手下の命を守るという誓いは違えるな！」

そう大声で叫ぶとミナカタはその場にどっかと座りこんで、持っていた鉄鉾を放り出した。それにならってミナカタ軍の兵士たちもぞろぞろと盾の後ろから出て来て、武器を捨てた。

ミナカタは捕えられ、諏訪の海を背に座らされていた。その後ろにはミナカタの配下の兵士たち五十人ほどが武器と短甲を取り上げられ同じく並んで座らされていた。その前の大きな岩の上にフツヌシが胡坐をかいて座っている。その首には大きな黒い勾玉が八つ繋がれた首飾りが懸けられていた。ミナカタから奪った八尺瓊勾玉だ。フツヌシは岩から降りてミナカタの前に進み、重々しく話し出した。

「ミナカタよ。お前も往生際の悪か奴だ。もっと早うに降伏して中つ国ばヤマダ国に譲ると承知しておれば、こげん姿をさらさずともよかったのにな」

「うるさい！　ほざいとらんで早くわしを斬ったらどうだ。中つ国はもうお前たちのものだ。八尺瓊勾玉も今お前が手にしておる。いつまでもわしに辱めを与えずさっさと殺せ」

「ミナカタよ、おれはお前ば殺したか訳ではなか。おれたちはこの国から戦さばなくすために来たのだ。お前がもうこれ以上ヤマダ国に逆らわぬと誓うならお前の命は奪わぬがどうだ」

「なんと……、わしの命を取らぬと言うか」

ミナカタはフツヌシの眼をまじまじと見つめた。長い沈黙が流れた。突然ミナカタはフツヌシに四回かしわ手を打ってひれ伏した。

「分かった。わしは負けた。もうこれ以上戦う力はない。わしはここスワに閉じこもって静かに暮らすと約束する。もう二度とヤマダ国に逆らうことはせぬ」

「よおし。その言葉忘るるではなかぞ」

そしてフツヌシはミナカタの兵士たちに向かって言った。

「ミナカタの兵士たちよ、今聞いた通りだ。お前たちの王ミナカタはその名に恥じぬ雄々しさでおのれの負けをば認めた。ヤマダ国に逆らおうとしたのは許せんが、その態度は王という名にふさわしく潔かものである。そこでおれはヤマダ国の将軍としてお前たちに命じる。ミナカタは高く祀られるにふさわしか王だ。なればミナカタを祀る宮殿ば建てよ。千木ば高く掲げ、あたうる限り大きく美しく、ミナカタにふさわしか宮殿ば建てよ。それがお前たちの王ミナカタにふさわしかやり方だ。分かったか!」

フツヌシの命令にミナカタの兵士たちは「おお!」と雄叫びにも似た声を上げ応えた。彼らの顔から惨めな敗者の表情が消え、希望が浮かんでいた。タケミカズチの策は功を奏した。

その後、ミナカタはスワに蟄居した。ミナカタの配下だった人々はミナカタのために巨大な宮殿を建設した。その広壮な宮殿は、ミナカタが最後に住んだ諏訪湖のほとりに建てられた。今はタケミナカタと呼ばれる神を祀り、地元の人々の崇敬を受けている。諏訪大社である。

フツヌシの戦いは終わった。コシ国ではヌナカワ比売が待っていた。驚いたことに、比売は帰ってきたフツヌシをもてなす準備をしていた。自分の弟の敵であるにもかかわらず。フツヌシとタケミカズチ、イクメら隊長たちはヌナカワ比売の宮殿で豪華な接待を受けた。宮殿の大広間で、周囲より一段高い床几にフツヌシは座っていた。その前にはコシの山海の珍味が用意されていた。ヌナカワ比売は大きな甕を差し出してフツヌシに酒を注ごうとした。しかし、ヌナカワ比売の差し出す酒の甕を押しとどめフツヌシは言った。

「ミナカタは潔か雄々しい引き際であった。中つ国の王としてこれからも語り継がれるであろう」

ヌナカワ比売は酒の甕を横に置き、改めてフツヌシを見て言った。

「あなた様の戦い方は見事です。哀れなことに弟には相手が悪すぎました。力ずくでヤマダ国に逆らおうとしても知恵と胆力ではとてもあなたにはかなわなかったのです」

「おれはこの国から戦さばなくすため、この戦さば引き受けた。この戦さの後はもう戦さが起きぬようにな。そのためには戦さに勝っても後の憂いが残るようでは本当の勝ち戦さとは言えぬ。それに他の中つ国の国々にも恨まれとうなかしな」

「そしてあなたはミナカタのために大きな宮殿を建てろと命令されたそうですね。人々に恨みを残さないために」

「そうだ、戦さに敗れたイズモやコシの人々は誇りば傷つけられとる。王は負けたが、その王の名誉を守ることで人々の誇りば癒す」

「あなたは本当に見上げた将軍ですね。でもやっぱり男の考えることですわ。争いを終わらせるのに相手を追い詰めて負けを認めさせずには済まない」

「追い詰めんかったらミナカタがわれらに大人しく従ったとでも言うのか」

「いえ、ミナカタもまたあなたに何時か仕返しをしようとしたでしょう。そうなのです。私はなぜあなたがた男は争いたがり、勝とうとせずにはいられないのかと不思議に思っているのです」

「争いたがっとるのではなか。後の憂いば残さぬようにしとるだけじゃ」

「それはやはりあなたの心に恐れがあるからですか」

そう聞かれてフツヌシは言葉に詰まった。「恐れ」。フツヌシは自分の中にそんなものがあるとは思ってもみなかったのでとっさに口をついて言葉が出た。

「恐れなどあるものか。おれは数知れぬ戦場ば潜り抜けてきた強者ぞ。恐れなど持って戦さなどできるわけがなかろうが」

フツヌシは目の前の炙った猪肉に豪快にかぶりつき、勇者らしく笑って見せた。ヌナカワ比売は静かに目を伏せ、もう何も言わなかった。フツヌシの方は、比売の言う「恐れ」とは、フツヌシが持たぬと否定した「恐れ」とは違うものを指すと分かっていた。


翌日、フツヌシは再びヌナカワ比売の部屋に行った。部屋に入るとヌナカワ比売は座って平たい石の上に並べた木の実を石の槌でつぶしていた。

「何ばしておられるか」

フツヌシが聞いた。

「怪我をした兵士のための薬を作っています」

ヌナカワ比売は表情を変えず静かに答えた。

「これば返す」

フツヌシは前に座ると、懐からミナカタから取り上げた八尺瓊勾玉を出してヌナカワ比売の目の前に突き出した。ヌナカワ比売は大きな眼を見張ってフツヌシを見上げた。

「八尺瓊勾玉を私に返す?」

「ああ、おぬしにとってこれは大切な物であろう。その代り、あの偽の八尺瓊勾玉ばおれにくれ」

「あの偽の勾玉ですか?」

「ああ、それば持ち帰って勝ち戦さの証とする。どうせヤマダ国の者たちには本物も偽物も見分けはつかん。他の中つ国の王たちにもわかりはせんだろう」

「なぜ、そんなことをしてまで八尺瓊勾玉を返してくださるのですか?」

「おぬしがこれからもコシ国ば治めていくにはこれが必要だからじゃ。コシ国には本物ば見たことのある者もおるだろうしな。八尺瓊勾玉ば奪われた王など、もはや王でも何でもなか。国の者たちはそげんお前ば王とは認めず、戦さに負けた責めを負わせようとするじゃろう。おぬしは殺されるに違いなか」

「むしろあなた様が私を見せしめに殺すものと思っていました」

「昔のおれならそげんしたかもしれぬ。しかし、これまで数々の戦さば見てきて、敵の王ば殺しても、そこの人々に後々の恨みば残すだけと知った。それより、おぬしにコシ国ば治めさせ、ヤマダ国に忠誠ばつくしてもらう方がよかと思う。ヒミコ様ならそう言うたはずじゃ」

ヌナカワ比売はじっとフツヌシの言うことを聞いていたが、やがて小さく頷いた。

「分かりました。コシ国はこれからヤマダ国に忠誠を尽くすと誓いましょう。辺境の貧しい国ですが、出来うる限りお役に立ちましょう」


その夜フツヌシが寝床でいびきをかいていると、柔らかい小さな手が裸の肩を撫でた。目を覚まし寝返りを打つと、そこには薄絹を着たヌナカワ比売が夜具の片端に座り、フツヌシの肩をなでていた。フツヌシが腕を伸ばし、比売の手をぐいと引っ張ると彼女はそのまま腕の中に崩れ込んだ。月明かりにヌナカワ比売の白い顔が浮かんだ。

「どうなさった。コシ国の女王様ともあろうお方が」

フツヌシは微笑んでいた。そしてヌナカワ比売の華奢な体を両手で包み込んだ。フツヌシは比売の体の温かさを全身で感じ取った。フツヌシの顔を見上げるようにしてヌナカワ比売は小さな声で言った。

「昼間のあなた様の笑顔があまりに無垢で、矢も盾もたまらず抱きしめとうなりました」

そう言うとヌナカワ比売はフツヌシのたくましい赤銅色の胸に頬ずりをした。フツヌシは比売の懐に手を差し入れ、やわらかな乳房をやさしく愛撫した。


翌朝、フツヌシはヌナカワ比売に手枕をしたまま目が覚めた。二人が被っている夜着の中ではヌナカワ比売の小ぶりな乳房が彼女の呼吸に従ってゆっくり上下に揺れている。フツヌシは腕枕をしていないもう片方の手でその乳房を包むようにしながらヌナカワ比売の顔を見つめていた。そして一昨日の会話を思い出し呟いた。

「そうかもしれぬ。恐れが無ければ敵とは思わぬじゃろう。恐れておるから、やられると思い倒そうとするのだ。恐れなのかもしれぬ」

実は、戦いをする時、心の奥で何かを恐れているのかも知れないとはフツヌシがいつも感じていたことだった。その声が聞こえたのかヌナカワ比売が目を覚ました。比売は眠そうな眼でフツヌシを見ると、はにかんで微笑んだ。そして手枕にしたフツヌシの腕に頬ずりをしながら言った。

「どうしたのです。まだ起きるには早い時間ですよ」

「おぬしに言われたこつば思い出した。確かに、戦う時は心の底で何かを恐れておる。その恐れがあるゆえ、こちらに敵意を持っておらん相手でも敵だと思い込み、攻撃してしまうのじゃ」

そう言ってフツヌシはヌナカワ比売が何か言おうとするのを抱きよせて唇を吸った。

翌日ヌナカワ比売は八尺瓊勾玉の代わりになる勾玉をフツヌシに差し出した。

「よく見れば、これはこれで立派な勾玉だのう。よし、これでおれもヒミコ様に土産ができた」

「コシ国はこれからも毎年、ヤマダ国に貢物を捧げることをお約束しましょう。貴方様がこれからもコシ国のことをお忘れにならず、また天を翔けて飛んできていただけるように」

ヌナカワ比売はそう言って微笑んだ。


フツヌシたちはイズモに戻る支度を始めた。ヤマダ国に帰る前にイズモのオオクニヌシとコトシロヌシに中つ国を正式に譲ると認めさせねばならない。季節はすでに秋も深くなっていた。コシの国では北風が吹いて、フツヌシたちの旅をせかせた。帰りの準備で忙しいフツヌシとタケミカズチのもとへイクメが新しい情報を持ってきた。

「統領、聞いてください。よか知らせがあります。イズモに帰るのに北の海ば通らずに行ける道があるとですたい」

「何と。北の海ば通らずにとや」

「はい、川と、天空越えの道ですばい。信濃川の川上で山を越えれば木曾川ていう大きな川があるて言うとです。その川ば下ればオワリていう国に行けるらしかです」

「おお、それで」

「コシのもんはその川ば通って、オワリと商いばしとるそうで」

「オワリか。聞いたこつはあるな。瀬戸の海のずっと東、カワチからまた山を越えたところにある国だろう」

「そうです。そのオワリからまた川を遡って天空をもう一回越えればシガの海（琵琶湖）に出るそうで、シガの海へ出れば、瀬戸の海まではすぐですけん。結局瀬戸の海まで天空越えは二回で済むらしかです。この道の方が少し遠回りばってん、北の海から帰るより安全ではなかかと」

傍でタケミカズチが頷いた。

「イクメの兄貴。すごいことを聞いて来たな。統領、帰り道は安全が一番です。外洋の航海は危険が多すぎますから。川を通って帰れるならそれに越したことはありません」

フツヌシたちは帰り道にこの川を通る道を選んだ。木曾川から、三河湾、長良川を遡って峠を越えればシガの海、つまり琵琶湖に出る。琵琶湖から淀川を下って瀬戸の海に出る。瀬戸の海に出ればキビからイズモまでは往路で通ったことのある道筋だ。それでもコシからイズモまでは約千キロ。途中休息や風待ちなども含め、イズモに着くにはひと月以上かかった。イズモに到着した時には十月の終わり近くになっていた。

コシから帰ったフツヌシをアケビが待っていた。その夜、フツヌシの腕に抱かれその胸に頬ずりをしながらアケビは言った。

「もう、イズモにはお帰りにならないのかと思っていました」

「オオクニヌシとコトシロヌシの始末ばつけねばならなかったのでな」

「オオクニヌシ様たちをどうするのですか?」

「オオクニヌシたちにはイズモ国から立ち去ってもらう。もちろん納得の上でな。オオクニヌシが恋しかか」

「いえ、そのようなことではありませぬ」

「まあ、おれの言うこつば信じろ。ヒミコ様ば王とする天道様の国ができるのだ。お前はこれからワカメの商売に精ば出せばよか。おれはオオクニヌシのために社ば作る。今まで誰も見たことのなかほど高か社じゃ。そうすればイズモや中つ国の人々は自分たちの王の名誉は守られたと思えるであろう」

「中つ国の人々が恨みを持たないようにということですか」

「そうだ。オオクニヌシは自ら望んでヤマダ国に中つ国ば譲ったのだ。ヤマダ国が奪い取った訳ではないと国中の者に知らせるためじゃ」

「それで主様はどうされるのですか。このままイズモの王様にはならないのですか？」

「アズミ族のおれがイズモの王になどなったら、それこそ中つ国の人々の憎しみば買うこつになる。だいいち、おれはヤマダ国に帰ってヒミコ様に知らせねばならぬ」

「ああ、やはり主様は私を置いて行かれるのですね」

「おれはヤマダ国の将軍だ。ヤマダ国に帰らねばならぬ」

「でももうすぐ冬です。冬になれば海も川も船では行けません。主様は来春まで帰れませんよ」

アケビはうれしそうにそう言ってフツヌシの首に抱きついた。

フツヌシはオオクニヌシが囚われている牢に向かった。オオクニヌシは思いがけずさっぱりと身なりを整え、落ち着いた様子でいた。

「お前が帰ってきたということはやはりミナカタは死んだか」

「いや、ミナカタ殿は生きておられる」

フツヌシは敬語を使った。

「しかし我らに逆らわず二度とスワから出ないと誓われた。それがミナカタ殿の始末のつけ方だ。立派なイズモの将軍の引き際であった。それと……」

フツヌシは続けた。

「スワにはミナカタ殿にふさわしい立派な宮殿が建てられるであろう。コシの人々は末の世までミナカタ殿をば祀るであろうよ」

「なに、ミナカタを祀る宮殿とな。……そうか。フツヌシ将軍、お主には完敗じゃの。息子を戦さで打ち破っただけでなく、命を救い、後々の名誉まで考えてくれたとはな。礼を言わずばならぬの」

「いや、礼には及ばぬ。おれも戦さの起こらぬ世の中ば作るために戦うてきた。できればイズモとも戦さはしとうはなかった。ミナカタ殿とも戦いたくはなかったのじゃ。しかし、やはり戦さになってしもうた。それならば次の戦さを止めなければならぬ。一つの戦さに勝っても次の戦さの火種ば残しては何にもならん。恨みば残して戦さば終わらせたくなかとよ。だからオオクニヌシ殿にもその名にふさわしか社ば建てて差し上げようて思う」

「わしのための社とな。そうか。さすればイズモの民も、いや、中つ国の民すべてが後世までわしのことを忘れることはなく、後々まで恨みも残さないで済むということか。あっぱれじゃな、フッヌシ。わしは中つ国をヤマダ国に譲ることを本心から認める」

「分かった。誓おう。明日の朝、オオクニヌシ殿たちに小舟ば一隻やるから、何処へなりと行かれるがよかろう。ただし二度とイズモには戻られぬようお願いする」

「分かった。ところで一つだけ聞いておきたいことがあるがよいか？」

「何事じゃ」

「いや、ほかでもない。おぬしたちが我々が考えもしなかったミホの海に現れたことだ。ムナカタ国やナガト国の前を通らずにミホに行けたのはどういう訳だ」

「ほう、そのことか。それはな……鳥船に乗って天をば翔けてきたのよ」

そう言ってフツヌシは大声で笑った。

翌日、オオクニヌシとコトシロヌシは小舟に乗りイズモの海岸から沖に漕ぎ出ていった。それが人々が中つ国の王オオクニヌシの姿を見た最後であった。フツヌシたちのイズモ遠征は終わった。日本書紀には「二神（フツヌシの神とタケミカズチの神）を遣わして中つ国を駆除平定（はらいしずめ）た」と記す。

第８章　漆黒の太陽

フツヌシたちは越冬の準備にかかった。イズモで冬を越すとなれば千人分の食料を蓄えねばならない。兵士たちはタケミカズチたち隊長も含め、海に山に食料の確保に走った。イズモの民と一緒に裏山に登り、ドングリやキノコを集める者、山のあちこちに罠を仕掛け、イノシシやシカやウサギなどの獣をとらえる者。また、船を操って宍道湖で魚を釣るもの、干潟で貝を掘る者。鷹匠は鷹を飛ばし、ウサギや野ネズミをとらえ、鵜匠は鵜を操り、宍道湖でたくさんの小魚を取った。そうして越冬のための食料確保に努める間にイズモの民とアズミの民はいつの間にか打ち解け合っていった。そして雪が降りだし、イズモに長い冬が来た。

年が明け春が来た。イズモは雪解けの季節を迎えた。フツヌシは山に雪がなくなる時期を待って帰国の途に就いた。イズモを出発したのは四月の半ばになっていた。イズモの城柵を後にするとき多くの人々がフツヌシたちを見送ってくれた。その中にアケビの姿もあった。アケビはもう泣いていなかった。

一方、フツヌシがイズモで帰国の準備をしていた同じ頃、ヤマダ国に一人の兵士が逃げ込んできた。同盟国の一つ、タマ国（投馬国・現熊本県玉名市）の兵士だった。兵士はタマ国が攻撃を受けたと訴えた。攻撃してきたのはさらに南にあるクナ国（狗奴国・現熊本市）だと言う。クナ国は以前からヤマダ国の同盟国ではなかった。むしろ敵対的であったと言ってよい。クナ国はヤマダ国が大規模な軍隊をイズモに派遣したという情報を耳にし、隙を狙って攻め込んできたのだった。

タマ国が襲撃されたという情報はすぐにヒミコに伝えられた。ヒミコは体調を崩し寝込んでいた。ナシメはヒミコに進言した。

「フツヌシ殿に使いを出しましょう。早く戻るように伝えましょう。クナ国はいずれ必ずヤマダ国に攻めてきます。このままではヤマダ国の人々が危ない」

しかしヒミコは首を縦に振らなかった。

「それはなりませぬ。クナ国が攻めてきたという話を聞けばフツヌシ殿たちが動揺します。戦さをしているかもしれないフツヌシ殿たちを危険にさらします。ここは一日も早くフツヌシ殿たちが帰ってくることを祈るしかありませぬ」

「ではヤマダ国の守りは残った兵で当たれと仰せですか」

「仕方ありませぬ。戦さの無い世を作ると信じて兵士の半分をイズモに送ったのはあなたではありませぬか。今は私たちだけで何とかヤマダ国の民を守らなければなりませぬ」

その後もクナ国はじわじわと攻め上がってきた。

「おい、聞いたかや。タマ国の次はカナサキ国がクナ国に攻められとるちゅう話ばい」

「ああ、フツヌシ将軍が留守なのに大丈夫なのかの」

「ナシメ様はイズモとの戦さが最後の戦さになるちゅうておられたが、最後の戦さどころか、イズモがどうなったのかも分からんうちにクナ国が攻めてきよった」

「最近ヒミコ様は病で伏しておられることが多くなったよな。あまり顔も見せなさらん」

「年取ったで神通力が薄れたのじゃなかとだろか。祀り事もトヨ様がなさることが多からしか」

「そうよなあ、自分の病も直せんようではなあ」

「ヒミコ様も頼りんならんようになってしもうたかのう」

ヤマダ国の中にヒミコに対する不信と不満が広がり始めた。確かにヒミコは床に臥せることが多くなっていた。祈りや祀り事は、十三歳になったばかりのトヨが代りに務めていた。

そのような時、ヒミコにとってさらに不運な出来事が起きた。

「おい、何か知らん、あたりが暗うなかか」

「あいやっ、天照様が黒うなっとる」

よく晴れた穏やかな春の日の夕方、まだ日も沈む時刻ではないというのに突如起きた現象にヤマダ国の人々は仰天した。太陽が暗い。それは日蝕だった。しかし、当時の人々は、日蝕が単なる天体の現象と知るはずもなかった。ましてこの時起きたのは皆既日食だった。太陽がすっかり黒くなる皆既日蝕はそう頻繁に見られるものではない。ヤマダの人々にとっては生まれて初めてのことだった。見る間に太陽はその輝きを失い、あたりは暗くなっていく。小半時すると、まだ日没前なのにあたりは薄暮のように暗くなった。暗い空に浮かんだ太陽は漆黒の円で、その周辺にはコロナが輝いていた。

人々は恐怖におののいた。

「天照様が真っ黒になった。天照様が死んだ」

「天照様が死んで腐ってしもうた」

「いや、何かに腹ば立てて黒うなられたとじゃ」

「クナ国との戦さがはかどらんけん、腹ば立てておられるとじゃなかか」

「こりゃあ何か悪かこつが起くるばい」

「大雨じゃろか、干ばつが来るとじゃろうか」

「明日にでもクナ国が攻めこんでくるとじゃなかろうか」

ヤマダ国の人々は底知れぬ不安に襲われた。不安が不安を呼び、根拠もない憶測をさまざまに口にした。人々の恐怖に満ちた視線を浴びながら、太陽は漆黒のまま地平線に沈もうとしている。

ヒミコも宮殿の回廊から太陽が暗くなっていくのを見ていたが、それがどういうことなのかを知る由もなかった。ヒミコも皆既日蝕というものを知らなかった。ヒミコに仕える巫女たちは恐怖に怯え、悲鳴を上げ、床に突っ伏す者もいた。

「何を怯えておるか。皆で祈るのじゃ」

ヒミコはそう叫ぶと、ふらつく足で祭壇に向かい、祈祷を始めた。若い巫女たちの疑念と不安を背に、恵みを与えてくれると固く信じてきた天照様に、ヒミコは必死に祈り続けた。

しかし、一部の人々は恐怖のあまり恐慌に陥り、ヒミコに救済を求めようと宮殿の周囲に押しかけた。

「ヒミコ様、お出ましくだされ。お導きくだされ」

人びとはヒミコの宮殿の前でひれ伏して懇願したが、返事はなかった。人々はヒミコに救いを求め、宮殿に押し入らんばかりの勢いで入り口に殺到した。宮殿を取り巻く群衆は瞬く間に千人になろうとしていた。

「ヒミコ様、なぜ黙っとるのじゃ」

「霊力が失せて何もできんのじゃなかか」

「霊力もなか巫女が拝むけん、天照様がお怒りになるとじゃ！」

「霊力の失せた巫女など禍の元じゃ。早う殺せ！」

宮殿の入り口で何の返答も得られぬまま、助けを求める声は怨嗟の声に変わっていく。ナシメとトシゴリは騒ぎを聞きつけて駆け付けたが興奮した群衆に阻まれて宮殿に近づけない。人をかき分けながら宮殿の方を見ると、巫女たちとタマモが階段の上に立ち、宮殿に押し入ろうとする人々を何とか食い止めようとしていた。トヨもその中にいた。

「皆さま、落ち着いてくだされ。ヒミコ様は今ありったけの力で祈っておられまする。必ず天照様を元通りにしてくださります！」

そう言ってタマモは人々の前に両手を広げて押しとどめようとしたが、群衆の叫び声はその声をかき消した。

「霊力の失せてしもうた巫女など厄災じゃ！　生かしておくと碌なこつはなか」

人々はタマモたちに向かって次々と石を拾っては投げつけた。

「トヨ、早くヒミコ様のところへ！」

タマモがそう叫んで、トヨは急ぎ宮殿に駆け込んだ。他の巫女たちもたまらず宮殿の中に逃げ込んだ。その時一つの石がタマモのこめかみに当たった。鈍い音がしてタマモは階段から転げ落ちた。近くにいた人々はタマモに駆け寄ったが、タマモはそのまま動かなかった。その後ろではまだ群衆がヒミコを呪って叫んでいた。

トヨが宮殿に入って見たものは必死で祈るヒミコだった。ヒミコは心の底から天照神を信じていた。その天照神が突然漆黒になった。今までヒミコがやってきたことを怒っているのか。ヒミコもさすがに動揺していた。その形相は不安と怒りがないまぜになり、眉はつり上っていた。そのようなヒミコをトヨは初めて見た。周囲の巫女たちも祈る言葉を失っている。

「ヒミコ様。どうなされました！」

「見よ！　天照様が黒く変わられた。確かに天照様は私にお怒りになっておられるのかもしれぬ。フツヌシ殿たちを戦さに行かせたことをお怒りになっているのかもしれぬ。もしかしたらクナ国との戦さを止められないことをお怒りになっているのかもしれぬ。いやその両方かもしれぬ。聞くがよい、宮殿の下で人々が私を呪って叫ぶ声がする」

トヨは答えようがなく、黙って立ち尽くすしかなかった。ヒミコはこの状況の中でギリギリ冷静さを保っていた。

「トヨ殿、あの人々の声をお聞きなさい。ヤマダ国が平和な時は私のもとに助けを求めて逃げ込んできた人々が、今は私を呪って叫んでいる。それが人というものです。

しかしあの人びとを責めることはできませぬ。皆必死に生き延びようとしているのです。いま起きている恐怖から逃れたいだけなのです」

　ヒミコは唇を噛んで天を仰いでいた。そして決意の表情でトヨに向かうと言った。

「トヨ殿、あなたに頼みがあります。天照様がどうして黒くなられたのかは私にもわかりませぬ。確かに私をお怒りになっておられるのかもしれぬ。そのことを嘆く気はありませぬ。今、すべきことはクナ国との戦さを止め、人々をこれ以上死に追いやらぬことです。天照様は私を試しておられるのかもしれぬ。それならば、今こそ、この折を逃してはならぬ。私は天照様に命を捧げる。あなたは人々に私の死を知らせるのです。そうして天照様が元に戻ったら、人々に私が身を捧げて天照様に許しを乞うたからじゃと説明なされ。人々はヒミコの霊力で助けられたと思うてまた奮い立つでしょう。クナ国との戦さにも力が出るでしょう」

「何をおっしゃります。ヒミコ様を失えば人々はまた道に迷うだけです」

「これからは貴女が人々を導くのです！」

「私にそのような力はありません」

　ヒミコは、きっととトヨを睨んだ。

「トヨ殿、人を導くには命を懸けるだけの覚悟がなければなりませぬ。あなたもその覚悟を持ちなされ！」

そう言うとヒミコは帯に挿していた懐剣をさっと抜き、驚いたトヨが止める暇もなく自らの胸に突き立てた。

「ヒミコ様！」

トヨは駆け寄ったが遅かった。大きく眼を見開き、声にならない息を吐いてヒミコはトヨの腕の中でこと切れた。他の巫女たちが悲鳴を上げた。ヒミコが息を引き取ったそのとき、太陽は真っ黒なまま西の地平に沈んでいった。さらに暗い夜が来る。人々は恐怖に捉われヒミコの宮殿の前に伏して泣き叫んだ。

宮殿の回廊にトヨが現れた。トヨは宮殿の前に座り込んで泣き叫ぶ群衆に向かって叫んだ。

「皆の者、聞くがよい！　ヒミコ様は、今、天照様のもとに旅立たれた。自らの命を捧げて天照様にわれらの無事をお願いしてくださったのです。明日の朝、きっと天照様は元通りに輝いてくださいます。明日の朝を待ちましょう」

人びとはヒミコが死んだと聞いてさらなる恐怖に襲われた。ナシメとトシゴリら数人の男がタマモの遺骸をヒミコの部屋へ運んでヒミコの横に安置した。トヨは母親が死んだと知っても涙も流さなかった。まなじりを決し、唇を固く結び、二人の遺骸の前に座って祈り続けた。巫女たちに交じってナシメとトシゴリも祈りをささげた。一方ヒミコの宮殿の前には、多くの人々が集まって泣きながら一夜を明かした。人々が泣き疲れ地に伏してヒミコの名を呼び続けた夜もやがて明け、朝の太陽が東の空から上ってきた。それはいつもと変わらぬ明るく輝く太陽だった。

その時、ヒミコとタマモの遺骸を前に一晩中宮殿の中で祈りを捧げていたトヨが静かに立ち上がり外に出た。朝日を体いっぱいに浴びたトヨは階段の上から人々に呼びかけた。

「皆の者！　ごらんなさい。天照様は元通りになられた。ヒミコ様の願いは聞き届けられたのです。天照様は決して我らをお見捨てにはならぬ。ヒミコ様の命を懸けた祈りを無駄にしてはならぬ。クナ国の脅威、必ず撥ね返すのじゃ！」

地に伏していた人々はその姿を見上げた。宮殿の上から人々に呼びかけるトヨの姿はヒミコそのものだった。そこに立っているのはヒミコだと皆が思った。トヨは威厳に満ち、神々しく輝いていた。その言葉に人々は一人また一人と立ち上がり、腕を天に向かって突き上げ、誰からともなく「おう、おう」と雄叫びを上げた。その声は次第に大きな歓声となってあたりに響いた。


イズモを発ってひと月、フツヌシたちはハヤミ国に着いた。飯森山の峠も来島海峡の難所も無事越えてようやく九州の地に戻ってきた。国王ハヤセヌシは歓迎してくれたが、思いがけないことをフツヌシに告げた。

「フツヌシ統領、ようお帰りなされた。オオクニヌシば倒しなさったてなあ。おめでとうございます」

「いや、有難き言葉、痛み入る。これで戦さの無か国ばヒミコ様に土産にできますばい」

「ではフツヌシ統領はヒミコ様が亡くなられたのをご存じなかとか？」

フツヌシはその言葉に驚いた。

「今、何と言われた。ヒミコ様が亡くなられたと？」

フツヌシと部下の隊長たちに戦慄が走った。ヒミコが死んだ？　夢にも考えたことのないことだった。皆にとってヒミコは神性を帯びた存在で、死んでこの世からいなくなるなど信じられない。

「国王、何があったとですか？　なして、いつヒミコ様は亡くなられたとですか？」

「詳しか事情は知らんのだが、なんでもふた月ほど前、天照様が真っ黒になられてな。その時ヒミコ様がなくなられたと。クナ国との戦さがはかばかしくなかとが原因らしか」

「ふた月ほど前？　クナ国との戦さだと！」

「おお、三月ほど前、クナ国が突然タマ国を攻めて来てな。その後も次々と筑後川下流域の国々に攻め込んでおるそうじゃ。ヤマダ国も守りば固めたらしかが、民たちの不安がつのってヒミコ様に反抗する者が出たて聞いとるばい」

「ヒミコ様に反抗じゃと。なんちゅうこつか」

　フツヌシたちは早々にハヤミ国を発ってヤマダ国へ向かった。ヒタ国から筑後川を下り、ヤマダ国の城柵が見えてきた。フツヌシたちは皆胸のつぶれる思いでその城柵を見た。あの奥にいて、この凱旋を誰よりも喜んでくれるはずの人は、もう死んでしまってこの世にいないという。信じられない。何かの間違いであってほしい。誰もがそう思っていた。

ヤマダ国に着くとフツヌシは先頭を駆けて城門に向かい大声で叫んだ。

「フツヌシ、ただ今帰った。門を開けてくだされ！」

　暫くすると城門は静かに開いた。そこに待っていたのはやはりヒミコではなかった。フツヌシたちを迎えたのは、トシゴリを伴いすっかり大人びたトヨであった。

「ああ、フツヌシ将軍。良くお帰りになりました。お待ちしておりました」

　出発の時より老けこんだトシゴリも駆け寄ってきた。

「よくぞ無事で帰ってきてくれたの。待ちかねておったぞ。おお、タケミカズチ比売。ハヤヒ殿、イクメ殿も皆無事であったか。良かった。良かった」

　フツヌシたちはトヨの部屋に案内された。フツヌシはイズモ遠征の顛末を語った。長い話になった。オオクニヌシ、コトシロヌシ、ミナカタの三人の敵将を殺すことなく中つ国をヤマダ国に委譲させた経緯を告げたとき、トヨは深くうなずいた。

「本当に皆さまはヒミコ様の教えをお守りになって来られたのですね。ヒミコ様もお喜びになっていることでしょう」

　その後トシゴリからヒミコの最後についての話を聞いた。

「ヒミコ様がお命と引き換えに天照様を元通りにしてくださったことで、ヤマダ国の人々は立ち上がった。クナ国との戦いに自ら望んで行くものが増えた。その勢いにクナ国も少したじろいだか、ここしばらくは攻めてくることはなかった」

　トシゴリは涙を流しながら話した。フツヌシたちも涙を流さずにはいられなかった。

「何と言うことでしょう。ヒミコ様のために人を死なせず、恨みを残さずに中つ国を平らげてきたのに、そんなことでヒミコ様がお亡くなりになるとは。それにタマモ様まで」

　タケミカズチの眼には大粒の涙があふれた。

「ところでナシメ様はどちらへ？」

　フツヌシは最前から気になっていたことを聞いた。

「ああ、ヒミコ様が亡くなられたあと、ナシメ様は自分が正統な倭国王じゃと申されてな、王位につかれたのじゃ。今はヒミコ様が使っておられた三階の部屋で暮らしておられる」

「おお、そげんでしたか。今はナシメ様が王になっておられるとですか。ではナシメ様にご挨拶に行かねば」

　フツヌシがそう言うとトシゴリの顔が暗くなった。

「まあ、挨拶はしてもらわねばならぬが、その前にそなたたちに言っておくことがある」

「何事ですか」

「ナシメ様のことじゃがな」

　トシゴリの話はこうだった。ナシメは王になって以来、ヤマダ国の守りを固めたという。アズミ族の国々へヒミコが派遣していた救援軍を引き上げ、それ以降は、援軍派遣の要請を受けてもかたくなに拒否し、ヤマダ国の兵力だけを増強しているという。そのためアズミ族の国々から見放され、カナサキ国をはじめ、次々とアズミ族の国がヤマダ国との同盟関係を破棄してきたという。

「クナ国とは大した戦さも起こらぬうちに、ヤマダ国は周辺諸国から孤立してしもうた。一方でヤマダ国内ではナシメ様に対する不満が鬱積しておる。それでもナシメ様は自国の兵が減ることばかりを恐れておられる。兵力だけが平和を守ると言われるのだ」

「おれたちにイズモを攻めろと言われた時と同じですな。力で支配せねば平和は来ぬというのが持論でしたから」

「そうなのじゃ。ところがそれで結局アズミ族の国々が皆離れて行ってしまい、我々は一層窮地に立つことになった。ヒミコ様が言うておられた通りじゃ。信用をなくすことの方が何倍も恐ろしい。フツヌシ殿。どうにかして戦さを止める方法を考えねば」

「そげんですな。この遠征でヒミコ様のおっしゃったことが良く身に沁みました。戦さはおろかなことです」

その言葉を聞いてトヨがほっとしたように言った。

「フツヌシ殿の、『もう戦さはおろか』という言葉を聞いて安心いたしました。民は疲れ切っております。ヒミコ様の遺志が踏みにじられ辛うございます」

フツヌシたちはトヨに暇を告げ、階上のナシメの部屋に行った。ヒミコが日夜祈りを捧げていた鏡は撤去され、魏王からもらった錦で美しく飾られている。ナシメは部屋の一段高い場所に豪華な床几を置いて座っていた。フツヌシはかしわ手を四度打った。

「ナシメ様、フツヌシただ今戻りました。イズモのオオクニヌシに中つ国を譲らせました」

「おお、フツヌシ殿、大儀、まことに大儀であった。そうか、これでイズモは敵でなくなったな。後はクナ国を叩き潰せばよい。いや、フツヌシ殿が不在じゃったのでクナ国には手を焼いておったのよ。兵士はおってもそれを率いる将軍がいなかったのでな。お主が帰ってきてひと安心じゃ。疲れてはおるだろうが、ここはもうひと踏ん張り働いてクナ国軍を蹴散らしてもらいたい」

　トシゴリがその言葉を遮った。

「いや、ナシメ様、クナ国と戦さを始めるのは最後の手段です。戦さをすればまた多くの兵士が死にます。ヤマダ国の民もまた逃げ惑うことになりますぞ。戦さは避けねばなりませぬ」

「またトシゴリ殿はそのようなことを。よいか。フツヌシ将軍が帰ってきてくれたのでわが軍は今や二千の大軍になった。クナ国軍を蹴散らすなど朝飯前ではないか。この状況で戦さを避けるなど、なに夢のようなたわごとを言っておるのだ」

「しかし、ヒミコ様は戦さをすることを望んではおられませんでしたぞ」

「ヒミコ様の言っておられた『誰も死なぬ国』などは夢物語だ。全く犠牲を出すことなくヤマダ国を守れる方法などない。しかもヒミコ様は死んでしもうた。もうおられぬ。我々はクナ国からトヨ様をお守りせねばならぬ」

ナシメは頑なだった。フツヌシたちが諦めて、とりあえず退出しようとすると、その背中にナシメは熱っぽく言った。

「フツヌシよ、真にこの世から戦さをなくしたいと思うならヒミコ様の言葉など忘れるのじゃ。ヒミコ様は心優しい方であったが、その教えはか弱いおなごの甘ったれた夢に過ぎん。現実の世の中を動かすのは甘ったれた夢などではない。戦さを無くす手立ては、戦さがなくなればよいと夢見ることなどではない。この世は力で動く。おのれの力で敵の力を抑え込むのが、平和をもたらす唯一の手立てじゃ」

フツヌシは振り向いて言った。

「ナシメ様は本当にそれでよいと思っておられるのですか。それではヤマダ国だけでなく、世の中の弱か者がまた路頭に迷うとお考えになりませぬか」

「だからこそ早く決着をつけたいのじゃ。戦さを終わらせるには強大な力がいる。幸いおぬしと千人の兵士が戻った。これでクナ国との戦さも決着がつく」

フツヌシはそれには答えず退出した。フツヌシは天叢雲剣と八尺瓊勾玉のことはナシメには報告しなかった。

それからはフツヌシに出陣せよとのナシメの矢の催促が始まった。フツヌシはそれには応じず、どうやって戦さをせずにクナ国を撃退できるかを考えていた。


フツヌシが帰還して何日か経ったある夜、寝所で寝ていたトヨは、そろりそろりと誰かが動く衣擦れの音に目を覚ました。起き上がり暗闇に目をこらした。部屋の片隅に黒い人影がうずくまっている。ナシメだった。月明かりに浮かんだ顔は薄笑いを浮かべている。

「何事ですか。ナシメ様」

トヨはそう言うと着物をかき合わせ身構えた。

「トヨ。わしと交わろう、な」

ナシメはにやにや笑いをうかべながらささやいた。酒の匂いがトヨの鼻まで漂ってきた。

「のう、トヨ。ヒミコ亡き後、そなたが頼りにできるのはこのわしだけじゃ。わしだけがそなたを守ってやれるぞい。わしと夫婦になれば、ヤマダ国にとっても、そなたにとっても良いことずくめなのじゃ」

　ナシメはそう言いながら四つん這いでトヨにいざり寄ってくる。

「何を言っているのです。私は巫女として天照様に仕える人生を選びました。人間の男と契を結ぶことはありませぬ。そのようなことぐらい、あなた様とてご承知のはず」

「ふふ、おなごは皆、口ではいやと言う。だが心の底では強い男に奪われたい、踏みにじられたいと願うとるのは分かっとる。大巫女などと言われても所詮は小娘。男にすがって生きねば何もできぬ。わしがおなごの喜びを教えてやるぞい」

　そう言いながらナシメはいきなりトヨを押し倒した。その時、護衛の女兵士が部屋になだれ込んできた。

「トヨ様！　ご無事か！」

　タケミカズチは叫びながらナシメを蹴り飛ばし、トヨを引き離した。ナシメは垂れた涎を手の甲で拭きながらわめいた。

「何じゃ、お前ら。無礼ではないか。わしとトヨは夫婦になるのじゃ。今すぐ出て行け！」

「なんという薄汚い男。お前様こそ、とっとと自分の寝所に帰りなされ！」

タケミカズチは怒鳴りつけた。手に短剣を構えている。ナシメの背後ではハコべたちが鉄鉾を構えている。

「タケミカズチ。お前何か考え違いをしておるな。わしはこの国の王じゃ。この国のものは何であれ自由にできるのだ。それが王の力というものじゃ。国も女も力で征服する。それが真の男じゃ。お前も征服してやろう。まことの男と寝るとお前も自分が女だとわかるぞ」

ナシメがそう言って酒臭い息を吐きながらタケミカズチの体に両手を伸ばした時、タケミカズチはナシメの喉元に短剣を当てた。

「さっさと寝所にお戻りなされ！　さもなくば、この剣があなたの喉を切り裂きますぞ！」

鼻孔が怒りにふくらみ、銀髪の間の眼がぎらぎら燃えている。ナシメはその迫力にたじろぎ、後ずさりしながら言った。

「王を脅すのか。見ておれ、今に今日のことを後悔させてやるからな。いいか。わしはヤマダ国の王じゃ！　お前らの王じゃぞ！」

叫ぶように言い残すとナシメはふらふらと寝所に帰って行った。

それから一年以上クナ国の軍勢は大きく動くことはなかった。クナ国王はヤマダ国のフツヌシとその兵士千人が帰国したことを知り、ヤマダ国に攻め込むのを躊躇せざるを得なかったのだ。

しばらく戦闘の起こらなかった間、フツヌシと兵士らは鉾を鍬に替え、野良仕事に勤しんだ。船にも鉾や戈でなく釣り針を積んで漁労に出かけた。兵士はもともと農民や漁民だったものが多く、戦さしか知らない水軍の兵士たちに楽しそうに畑仕事や漁労などを教えた。人々は戦さのない日々がいかに幸せな日々なのかを身をもってかみしめた。

「統領、ヒミコ様は亡くなってしまわれたが、こうやって水軍の兵士とヤマダ国の人々が一緒に野良仕事をすることになるなんて、これがヒミコ様の言っておった戦さのなか国だったんですな」

イクメが話しかけた。その表情は穏やかなものだった。

「そうよな。わしも最初にヒミコ様の話を聞いた時には、そんなことができるのかと信じられない気持ちだったが、この景色を見ていると我々の苦労も少し報われたような気がするな」

「この平和がこのまま続けばよかですがね。ばってん、クナ国は筑後川の河口に居座ったまま兵を引く様子もなかし、カナサキ国もクナ国と通じてヤマダ国を攻めようとしとるていううわさもありますたい」

「うむ。このままこの平和が続くと思うのは甘かろうな。備えは怠るまいぞ」

フツヌシたちは眉根を寄せ厳しい表情になった。


噂通りクナ国王は対立していたカナサキ国王に密かに和睦を求め、ともにヤマダ国へ進軍しようと持ち掛けていた。カナサキ国のカネヒコ王はクナ国王の誘いに乗った。ナシメがヒミコの死後、倭国王を名乗ったのがそもそも気に入らなかった。自分こそ倭国王になるべきだと以前から考えていたからだ。しかも、ヒミコが死んだ後、ヤマダ国からは何の援軍も来なかった。ならばこの機会にクナ国の力を利用してヤマダ国を倒し、アズミ族の王になる野望を実現しようと考えた。そしてかつてイタ国と戦った周辺のアズミ族諸国にも次々に使者を送り、クナ国軍とともにヤマダ国を攻めようと誘った。この戦略は功を奏した。一年の間に、筑後川流域の国々は再びカナサキ国と同盟を結びクナ国同盟に加わった。

一年後の九月、ついにクナ国同盟軍は動き始めた。カナサキ国を出立したクナ国同盟軍は二千人。カネヒコ国王も三百の兵を率いていた。その後ろにもタマ国、トス国、ミナ国などアズミ族の国々の兵が続いていた。

トシゴリがフツヌシの所に駆け込んできた。

「フツヌシ殿いよいよクナ国軍が動き出した。斥候が知らせてきおった。恐れていた通り、カナサキ国はクナ国に寝返ったらしい。周辺のアズミ族諸国まで巻き込んで、クナ国軍の先頭に立ってヤマダ国に攻め込もうとしておるようじゃ。周辺諸国の軍も合わせ、二千人もの大軍がカナサキ国を発ってヤマダ国に向かったという。二日後にはその軍勢がヤマダ国に到着するじゃろう」

「来よりましたか。では、トシゴリ様いよいよ時が来たということですな」

「その通り。まずナシメ様じゃ」

トシゴリが言った。

フツヌシとトシゴリはタケミカズチたちを引き連れてナシメの部屋へ向かった。フツヌシたちを見てナシメは床几から立ち上がるなり怒鳴りつけた。

「フツヌシ！　何をぐずぐずしておるか！　クナ国軍が攻めてきとると言うに、何でまだここにおる！　早う撃って出んか！」

トシゴリが静かに話し出した。

「ナシメ様、クナ国軍といっても半分はもともと我々と同盟を結んでいたアズミ族の軍です。今撃って出てクナ国軍と戦さになれば、また多くのアズミ族の兵士が命を落とします。ヤマダ国の民もまた路頭に迷います。ヒミコ様は、戦さは避けよと仰せられた。貴方も戦さのない国を作ると言うておられたではありませんか。ここは戦さを避けることをまずお考えください」

「それはわしとて戦さは避けたい。しかし、クナ国が攻めて来ては、戦さを避けようにも手立てがないではないか」

「手立てはございます」

「なんと。どうするのじゃ」

「ナシメ様にヤマダ国王の座から退いていただきます」

「なにい！　わしに王の座を退けというのか！」

「左様でございます。カネヒコ王たちが反乱を起こしたのはナシメ様がヒミコ様と違うお考えであることを見抜いたからです。あなた様がヒミコ様と同じ考えでしたらこんなことにはならなかったでしょう。あなた様が王の座に就かれている限り、クナ国の軍を引かせる手立てはございません」

「わしに王の座を退かせて次の王は誰がなるのだ。お前か。はは あ、戦さを避けるとか何とか言いながら、実はそれが狙いだな」

「滅相もない。トヨ様です。ヒミコ様のお考えを受け継いでおられるトヨ様が、この国を治める王にふさわしい。トヨ様が倭国王になられればカネヒコ王も納得して兵を引くかもしれません」

「馬鹿なことを！　あのような小娘を王になどできるか！　あれはもうわしの妻も同然じゃ。わしが王でトヨが妃。力ある王と霊力のある妻。最善の組み合わせじゃ。これで万事うまく行く」

　ナシメは自分で自分に頷きながら部屋の外に向かって叫んだ。

「衛兵、おるか！　この逆賊どもを捕えろ！」

その声に衛兵が五人部屋に飛び込んできた。しかし、衛兵はそこにフツヌシがいたので動きを止めた。

「ナシメ様、この国の兵士は皆おれの部下です。おれば捕えようていう奴はおらんです。これだけお願いしても聞き入れていただけぬなら止むを得ません。しばらく静かにしてもらいますばい」

フツヌシはそう言うとナシメに近寄り、みぞおちに当て身を入れた。声もなくくずおれたナシメを衛兵たちは両脇から抱え、部屋から運び出した。ナシメは軟禁された。


トシゴリとフツヌシは三人の隊長を連れてすぐさまトヨを訪ね、今までのいきさつを説明した。トヨは驚いて拒否した。

「私は王になどなれませせぬ。またなりたいとも思いませせぬ」

「トヨ様。お言葉ですが、今、この国の王になりヤマダ国を救えるのは貴女様以外に居られませせぬ。どうぞここは我々の願いをお聞き入れくださ い」

「私がヤマダ国王になることが戦さを避けることになると言われるのですか?」

「その通りです。今はそれ以外、道がありませせぬ」

トヨはヒミコの最後の言葉を思い出した。

『トヨ殿、人を導くには命を懸けるだけの心構えがなければなりませぬ。あなたもその心構えを持ちなされ！』

ヒミコの最後を思い、王が命を捨てることで、ヤマダ国の民が守られるのだとトヨは得心した。そしてトシゴリらと共に、ナシメが美しく飾り立てた王の間に行き、王の座に就いた。トヨは聞いた。

「これからどうするのですか？」

トシゴリはじっとトヨの眼を見て言った。

「よろしいですか。クナ国の軍はもともと千人にも満たぬ兵力でした。それが筑後川下流の国々を寝返らせて、それらの兵を自軍の兵としました。今は二千になろうという大軍になっております」

トヨもトシゴリの眼を見つめた。

「クナ国同盟軍の半分以上はもともとヤマダ国に従うとった兵たちです。カナサキやタマなどのアズミ族の兵士が寝返ってクナ国同盟軍に入っとるのです。だから、その兵たちを再度寝返らせればクナ国軍を孤立させられます」

「ええ、おっしゃることはわかりました。しかし、どうやって寝返らせますか」

「クナ国同盟軍がこの城柵に到着しましたら、日の出とともに、トヨ様には城門にお出ましいただきます。その際トヨ様が正式の倭国王だという証拠を示していただきます」

「証拠ですか？」

「はい、トヨ様の周りにヤマダ国王の証、八咫の鏡と、フツヌシ殿が持ち帰った中つ国の王の証、八尺瓊勾玉と天叢雲剣を飾ります。また魏国より贈られた親魏倭王の金印を身に着けていただきます。トヨ様の周りに飾られた王の証を見ればクナ国同盟軍とて誰が真の倭国王であるかを認めざるを得なくなりましょう」

「わたくしが正当な倭国王だと認めさせればクナ国王は兵を引くでしょうか」

「クナ国同盟軍の先陣はカナサキ国のカネヒコ国王です。カネヒコ王にトヨ様が正当な倭国王であることを認めさせることが肝要です。カネヒコ国王に兵を引かせることができれば、もともとヤマダ国の同盟国だった他の国は兵を引くでしょう。そうすればクナ国軍は圧倒的なヤマダ国同盟軍を前にどうすることもできなくなります」

「もしカネヒコ王が説得にお応じなかったらどうします」

「そのときは戦さになるかもしれませんが、フツヌシ殿がイタ国、ナ国などの同盟国から敵を上回る兵士を集めてありますので、わが軍がおいそれと負けることはありません。しかし、そうならないようなんとしても説得しなければなりません」

トヨはその答えを聞くと緊張した顔で頷いた。そしてフツヌシとトシゴリの眼を見て、意を決した表情で言った。

「分かりました。カネヒコ国王に兵を引かせましょう」

「必ずうまく行きます」

トシゴリはそう言うとトヨに四回かしわ手を打った。

その二日後、クナ国同盟軍はヤマダ国に向かって押し寄せ、城柵の建つ小高い丘の正面に展開した。先陣を務めるカナサキ国の軍旗が丘の入口となる坂の下に林立し、風に翻った。率いているのはカネヒコ王だ。カナサキ国と同様、以前はヤマダ国に従っていたタマ国やトス国などの軍旗もはためいている。その背後にクナ国の軍旗が見える。にらみ合いは夜になっても続いた。

次の日の夜明け前。まだあたりは薄暗い。小高い丘の上に立つヤマダ国の城門からヤマダ国の正規軍千人が鉾や戈を構えて出陣し、ヤマダ国の城柵の周りを取り囲んで身構え、丘の下のクナ国同盟軍と対峙した。同時に近くの丘に待機していたイタ国、ナ国等援軍千人もカナサキ軍の側面に展開し、鉾を構えた。しばらく沈黙のにらみ合いが続いたが、先頭を進軍してきたカナサキ国のカネヒコ王が城門に続く坂の下に進み出て開門を促そうとしたその時、ヤマダ国の城門は静かに開かれた。

城門からトヨが進み出、丘の下の使者、その背後に展開するカナサキ国軍とクナ国同盟軍を見おろした。カネヒコ王とカナサキ国の兵士はその姿を見上げた。トヨはヤマダ国の巫女の装束をまとっていた。生成りの貫頭衣と袴の上に白く長い上着を羽織っている。錦の紐を帯に締め、三つ編みにした長い髪は美しい色の紐で飾られていた。額に黄玉の付いた飾り帯を巻き、小さな銅鏡を管玉の紐で首にかけている。決意の表情で唇を固く結び、ゆるぎない視線で周囲を見回す。死を覚悟したその顔には鬼気が漂っていた。

トヨの背後には大きな木組みの台が引き出された。そこに無数の小さな銅鏡が吊り下げられている。風にゆらゆら揺れる鏡の数は百枚以上もあろうか。トヨの頭上には直径四十センチほどの、八咫鏡と呼ばれる大きな鏡が五面掲げられていた。トシゴリがイタ国の工人に造らせた、ヤマダ国王の証しとなる巨大な鏡であった。八咫の鏡の両脇には天叢雲剣と八尺瓊勾玉が飾られていた。

　その王の証を下げた台の両脇に、やはりヤマダ国の巫女の衣装をつけた女が四人控えていた。トシゴリが進み出て通る声でクナ国軍に告げた。

「各国王に申し上げる。ここにおわすはヤマダ国と中つ国を統べたまう王の中の王、ヒミコ様の正当な後継者、倭国王アマテラストヨ姫様なり。その証としてここにそれぞれ倭国王の証を全て飾りたてまつった。何びとも倭国王の神聖を犯すことなど許されることではない。まして大軍を率いて攻め上るなどもってのほかのことである。カネヒコ王、ヒミコ様に従っていたおぬしがクナ国と盟約を結んで倭国王に逆らうなどとは狂気の沙汰である。早々に兵を引き国へ帰られよ」

　カナサキ国軍をはじめクナ国同盟軍の王や兵士たちはトヨの姿を見上げた。やがてトヨの凛とした声があたりの沈黙を破った。

「私は倭国王トヨでございます。アズミ族の同胞としてカネヒコ王に直接お話がしたく、ここに参りました。ヤマダ国はカナサキ国との戦さを望みませぬ。戦さをすれば兵士が大勢死に、民も路頭に迷います。そのようなことは、もう二度としとうございません。カネヒコ王、兵を引いてくだされ。あなたが兵を引きさえすれば、他のアズミ族の王も兵を引きます。それでこの戦さは終わります。クナ国兵だけでは戦さは出来ませぬから。今日、ナシメ王はその座を退き、私が倭国王となりました。カネヒコ王、貴方の国へ害をなすことは今後一切しないと誓いますれば、ここは静かに兵を引いてくだされ。今は亡きヒミコ様がおられた時のように戦さのない世を作ってくだされ」

　カネヒコは自分に興味のあるところしか聞いていなかった。

「ふん。ナシメが倭国王ば退いてお前が倭国王になっただと。ナシメが退いたのなら、次の倭国王はわしに決まっとる。だいたいナシメは勝手に倭国王ば名乗っとっただけじゃ。魏が任命した倭国王ヒミコは死んだ。次の倭国王は実力ある者がなるのが道理じゃ。わしが最もふさわしか。さっさと『親魏倭王』の金印ば渡すがよか！」

　するとトヨはカネヒコ王を睨みつけて言った。

「あなたが倭国王にふさわしい方であるのなら金印をお渡しもしましょう。しかしその前に一つだけ約束して戴きたい。倭国王となられた暁には、もう二度と戦さは起こさぬとお約束ください！」

　カネヒコはげらげら笑いだした。

「何ば言うか。戦さばするな？　戦さばせずしていかにして国ば守り、諸国ば従えていくるか。戦さばすれば領地も増え、国は富む。王は戦さに勝ってこその王じゃ。戦さもせずに国ばまとめることなどできる訳がないわ」

「それで人々が死んだり、飢えて路頭に迷うても、かまわぬと言うのか！」

「甘ったれたことばぬかすな！　王が国ば守るために兵士や民に多少の犠牲が出るのは当たり前じゃ。兵士は喜んで王に命ば捧げるもの。わしのように強い男が倭国王になるのは人々にとって有難い事じゃぞ。民は強い者に服従するのが務めじゃ。守ってもらっておるのだからな」

「そなたはそのように愚かなことしか考えておらぬ。多少の犠牲ですと！　王のための犠牲など、ただ一人も出してはならぬ！　この世に生を受けながら、おのれの身さえ守れぬ弱い者を守ることこそが王の使命であり義務じゃ。それがまつりごとじゃ。それができぬ者には王の資格などない！　そなたは民の命を預かる王に最もふさわしからぬ輩じゃ！　そなたを説得しようと思ったが、それほどに愚かでは命令するしかないと知った！　カネヒコ王、倭国王の命令じゃ。兵を引き即刻国に帰れ！」

「うるさい、黙りおれ！　くだらん女のたわごとなど、聞く間も惜しいわ。者どもさっさとこの女ば始末して金印ば取ってこい！」

カネヒコ国王の命令で、カナサキ兵士たちは城門へと続く細い坂道を駆け上がろうとした。そのときトヨの後ろに控えていた四人の巫女が、白い衣装をばっとかなぐり捨て、カネヒコの兵士たちの前に立ちふさがった。巫女と見えたのはタケミカズチ、ハコベ、ワラビ、アカザの四人だった。タケミカズチの決意の声が響いた。

「トヨ様に指一本触れさせぬぞ！」

「おう！」

三人は叫び、駆け上がってくる兵士に立ち向かっていった。タケミカズチは最初に駆け上がってきた兵士の胸を蹴りあげ、その首に短剣を刺したが、急所は外していた。ハコベたちも襲ってくる兵士たちを次々に倒した。

坂を駆け上がってきた二十人ほどの兵士は四人にあっけなく倒された。しかしカナサキ国の兵士は次々とタケミカズチたちを取り囲み一斉に襲いかかった。ハコベが敵の鉄鉾の攻撃をかわしたとき、一瞬足を滑らせた。体勢を崩したところに敵の鉄鉾が打ち下ろされた。

「ハコベ！　あぶない！」

タケミカズチは叫んで、飛び上がりざま敵の兵士に体当たりをした。すんでの所で、鉄鉾はハコべをそれた。しかし、無理な体制からとっさに体当たりしたので今度はタケミカズチがバランスを崩して地面に膝をついてしまった。その頭上に別の兵士の鉄鉾が振り下ろされた。タケミカズチは素早く身をよじったが、鉄鉾はタケミカズチの左の肩に食い込んだ。

「タケミカズチ！」

そう叫んでハコべはタケミカズチを襲った兵士にとびかかった。しかし、ハコべがその兵士の胸に鉾を突き立てると同時に、敵の兵士の鉾もハコべの脇腹に突き刺さった。兵士はそのまま坂を転げ落ちたが、ハコべは脇腹に突き刺さった鉾を左手で引き抜くと自分の鉾を構えなおしカナサキ兵の前に立ちふさがった。脇腹からは真っ赤な血が噴き出していた。タケミカズチは自分も左肩から血を流しながらハコべの隣でカナサキ兵に立ちはだかった。その時坂の上から黒い塊が飛んできた。

「ナズナに何ばするか！」

フツヌシが鉄鉾を振り回して周囲の敵兵を薙ぎ倒した。

「ナズナ！　大丈夫か！」

そう叫ぶと血まみれになったタケミカズチを左手で抱き抱えたまま、右手で鉄鉾を振り回し、坂を上がってくるカナサキ兵を押しとどめた。その迫力にカナサキ兵たちもたじろいで、坂の途中で立ち止まった。にらみ合いになってもフツヌシは左手のタケミカズチをしっかり抱きしめていた。タケミカズチは出血で気を失いかけていたが、フツヌシの逞しい腕に抱かれなんとか立っていた。ハコベは、ワラビとアカザに支えられてはいたが、なお気丈に敵をにらんで立ちはだかっていた。その後ろからタケミカズチの部下とハヤヒ、イクメの軍団が鉄鉾、鉄戈を持ってタケミカズチたちを守るように取り囲んだ。そしてじわじわとカナサキ兵たちを押し戻した。カナサキ兵たちは坂を後ずさりし、坂の下で足止めされた。

そのとき東の空が明るくなってきた。日の出が近づいたのだ。しかし明るさを増すはずの暁の空に地平から昇って来たのは、漆黒の太陽だった。周囲に輝くコロナをまとってはいるが、太陽自体は黒々とした円盤にしか見えなかった。その場にいた兵士たちは、敵も味方も目を見開き、恐れおののいて空を見上げた。ヤマダ国の兵士たちの間にも動揺が広がった。

「この前と同じじゃ。天照様がまた怒っとる。怖ろしかこつが起きるぞ」

「戦さなんか始めたけん、天照様がお怒りになられたとばい」

「天照様の巫女に鉾を向けたからじゃ」

「今度こそもう終わりじゃ。この世の終わりじゃ」

「怖ろしか。どげんすればよかとか」

兵士たちは立ちつくし、東の空をのぼっていく漆黒の太陽を呆然と見上げていた。中には武器を取り落して、地に膝をつき、顔を覆って泣き出す者もいた。

その時トヨの声があたりに響いた。

「カナサキ国の兵士たちよ！　私はヤマダ国の王である。これから私の言うことをよく聞きなさい。天照様はお怒りになっておられる。無意味な殺し合いを嘆いておられるのじゃ。この戦さは我らが望んで始めたものではない。私は我が兵士がたとえ一人たりとも戦さで死ぬことを望まぬ。そしてそなたらカナサキ国の兵士も一人たりとて殺しとうない。いやここに居るすべての兵士の誰一人とてその命を奪おうとなど思わぬ。ここにはそなたらを殺そうとする者はおらぬ。そなたらにはもう敵はおらぬ。即座に兵を引き、家族の元へ帰られよ！　さすれば天照様の怒りも解けよう。皆の者祈るのじゃ。理由もなく命を奪い合ってきたわしらだが、お見捨てなきよう祈るのじゃ！」

トヨの言葉は兵士たちの心に届いた。敵がおらぬ場所に兵士は不要なのだ。皆、トヨの言葉通り武器を捨てると、地に伏して祈った。トヨはすっくと立ち、両手を広げ黒い太陽に向かって祈った。戦場を沈黙が支配し、祈りの時間が過ぎた。不思議なことが起きた。黒い円盤だった太陽の周りから輝かしい光線が差し始めたのだ。その光る部分は少しずつ大きくなり、太陽は再び光球の姿を取り戻していく。その光は朝の紫色の雲の間を抜けて兵士の群がるヤマダ国の城門に届いた。トヨが首から下げていた鏡にもその光は届き、きらきらと反射した。同時にトヨの背後の木組みに懸けられていた百面の銅鏡と五面の八咫の鏡が一斉に朝日を受けて輝いた。その場にいた兵士たちは驚いて目をそばめ、その眩い光を見た。陽光を反射して輝く無数の鏡を背に立つトヨは、神々しく光の海の中に浮かんでいた。慈悲に満ちた穏やかな表情の中に、不正な行為は何ものも許さぬという威厳が満ちている。

そこに居並ぶヤマダ国の兵士たちや、戦場の外にいて遠くから見守っていたヤマダ国の人々は異口同音につぶやいた。

「ヒミコ様だ。ヒミコ様が蘇った」

戦闘は起こらず戦いは終わった。カナサキ国の兵士たちは皆地に伏した。カナサキ兵ばかりか、そこに居たすべてのアズミ族の兵士が皆、ひれ伏してトヨを拝みかしわ手を何度も打った。驚くことに、クナ国兵までもまた地に伏した。カネヒコ王はその場に立ちすくんだ。

驚いたのは後ろでそれを見ていたクナ国王だった。今まで自分に従っていた他国兵が、トヨの言葉を聞いて全員地に伏してしまった。自分の部下であるクナ国兵までもがトヨを拝みかしわ手を何度も打っている。クナ国王は兵を引かざるを得なかった。

フツヌシはタケミカズチとハコベを宮殿の寝台に寝かせ自ら傷の手当てをした。二人の傷は浅くはなかったのでフツヌシたちは布を幾重にも巻き、傷口から血が流れ出すのを止めた。

「統領、ハコベは大丈夫か！」

タケミカズチはうわごとのように聞いた。

「大丈夫だ命に別状はない」

フツヌシがそう言うと安心したタケミカズチはフツヌシの手を握った。

「済まない。ドジを踏んだ。統領に傷の手当てをしてもらうなんて恐れ多いよ。おれはもう大丈夫だ」

タケミカズチはそう言って笑って見せたが、そのまま気を失った。タケミカズチが意識を取り戻したのは翌日の朝だった。フツヌシはまる一日タケミカズチとハコベの看護に当った。二人の女兵士とトヨもその場に付ききりであった。


クナ国軍は去り、フツヌシは再びトヨと対面した。

「トヨ様、あなたのお力で戦さば回避することができました。弱か人々ばこれ以上死なせずに済みました。これにすぐる喜びはありませぬ。フツヌシあらためて忠誠をば誓います」

そして続けた。

「さりながら、いま一つお願いがございます」

トヨも晴れ晴れとした顔でフツヌシに微笑みかけた。

「フツヌシ殿。これで本当に戦さはしないで済むようになったのですね。本当にご苦労でした。それで願いとは何ですか?」

フツヌシはオオクニヌシとの約束について報告した。

「中つ国を譲らせるに当たり、オオクニヌシば祀るため今までになか大きな社ば作ってやると約束してきました。中つ国の他の国王や人々にヤマダ国への恨みば残さぬためにも、オオクニヌシば祀る大きな社ば建てることが必要だと思います。トヨ様のお力でなにとぞ社ば建ててやってくだされ」

トヨはフツヌシの話を聞きながら笑顔で答えた。

「分かりました。ヤマダ国の匠から幾人か選んでイズモに派遣し、誰も見たことのない大きな社を建てましょう。巫女も派遣しましょう」

「有難うございます。これでおれもオオクニヌシとの約束ば果たすことができます」

やがてヤマダ国から匠の棟梁たちが派遣され、イズモにはオオクニヌシを祀る巨大な社が建設された。社の高さは四十五メートルもあったという。現在は出雲大社として人々の厚い信仰を受けている。

第9章　戦さのない国

フッヌシの功績で中つ国の脅威もなくなった。トヨ女王の威光でクナ国軍も去った。もうヤマダ国に敵対する国はなくなった。兵士たちは武装を解いてそれぞれの家に帰った。彼らが本当に正業に復帰できる日が来たのだ。農民は畑や田んぼを耕し、漁民は海や川で魚を追う、穏やかな日が来たのだ。カナサキ軍が去って二日ほどして皆が落ち着きを取り戻したある夜、ヤマダ国では、誰に言われるでもなく人々は食べ物を持ち寄り、秘蔵の酒も持ち出して、あちこちで平和を祝う宴が始まった。本当の平和が来る。ヤマダ国の人々はそう信じていた。それがこの夜の宴だった。若い女たちは中つ国へ遠征した兵士の家に押しかけ、食べ物を差しだし、酒を勧め、兵士たちの労をねぎらった。兵士たちはこの日ばかりは何人もの女に絡みつかれた。

フッヌシはイクメ、ハヤヒや兵士たちと共に酒を酌み交わしていた。数人の女が傍に張りついて酌をしている。ハヤヒが杯を持って顔をくしゃくしゃにしながら言った。

「フッヌシ統領、おれたちはやり遂げたとですね。イズモやコシやそしてクナまで戦さをせんようにできたとですけんね。これでおれたちも枕ば高うして寝られますな」

「ほんとだねえ。あんたら大仕事を成し遂げたよねえ。あたいも鼻が高いさ」

アザミはハヤヒに寄り添いながら杯を上げた。フツヌシも杯を空けながら笑顔であった。

「そうだな。お前たちはようやった。文字通り天を翔けめぐってこの平和を勝ち得たのだからのう」

イクメも杯に酒を注いでもらいながら上機嫌だ。

「それにしてもトヨ様のご威光はすごかですな。あげん小さかむすめごが敵の兵まで皆跪かせたとですけん」

フツヌシはもう一度杯を空けて言った。

「ああ、ヒミコ様の信念がトヨ様に乗り移ったんじゃろうな。これからはトヨ様ばお守りしていかねばならぬ。しかし何よりもヤマダ国の人々がこげんにも喜んでおるのが嬉しかのう。苦労した甲斐のあったばい」

傍にいた若い女が聞いた。

「フツヌシ様、オオクニヌシはどうやって倒したとかね。それは恐ろしか王だと聞きましたばってん」

「おお、それはそれは恐ろしか王じゃった。何人もの兵士がかかっても倒せん、途轍もなく強か王だったけんな」

フツヌシは酒の勢いもあって、少し大げさに話を作り、笑いながらその女に語った。

「その強かオオクニヌシばやっつけたとじゃろ。フツヌシ様の方が何倍も強かに決まっとるたいねえ」

女はそう言ってフツヌシの胸を撫でまわし、うっとり誘う笑みを浮かべた。

「いや、オオクニヌシばやっつけたんは……」

そう言ってフツヌシは口をつぐんだ。そして不意に立ち上がると家から出た。女たちはなんねー、どげんしたとねーと後ろで言っていたが、すぐ他の兵士たちとじゃれ合い始めた。フツヌシは独り、集落の隅にある一軒の家に向かい、くぐり戸を上げ中に入った。

「タケミカズチ、おるか」

そうフツヌシは呼びかけた。家の中央で囲炉裏にちょろちょろと火が燃えている。その前に膝を抱えて座っているタケミカズチの姿があった。肩から胸にかけてフツヌシの巻いた包帯が痛々しい。

「ああ、統領。どうしたんです。みんなと一緒ではないのですか」

「いや、お前がどげんしてるかと思ってな。傷の具合はどげんだ」

「もう大丈夫です。動けば少し痛むけど大人しくしていれば何のことはありません」

そう言ってタケミカズチは笑った。

「それに、近所の人や兵士たちが、ほれ、こんなにご馳走を持ってきてくれて」

「そげんか。それにしても今回の遠征の最大の手柄ば立てたお前が独りぼっちていうのも、ちと可哀想だな」

「へえ、優しいことを言ってくれるんですね。じゃ、このご馳走を一緒に食べてくれますか。おれ一人じゃ食べきれないから」

「よし、では、おれが付き合うか」

フツヌシとタケミカズチは人々が差し入れてくれた魚の干物やイノシシの干し肉を頬張り、互いの顔を見つめて笑いあった。

「おい、タケミカズチ比売はいるか」

突然そう言いながら入ってきた者がいた。大きな酒の甕を両手で抱えたトシゴリだった。

「ああ、トシゴリ様。どうされましたか」

タケミカズチは驚いて立ち上がった。

「そのまま、そのまま」

そう言いながらトシゴリは囲炉裏の傍に来た。

「フツヌシ殿も来ていたのか。ありゃ、わしが来たのは邪魔だったかな?」

トシゴリはおどけて見せた。あわててフツヌシが打ち消した。

「邪魔だなどと……」

フツヌシは柄にもなく赤くなった。

「ははは、冗談、冗談。いや、今回の遠征の最大の功労者がどうしておるかと思うてな。ほれ、これをもらってきた。差し入れじゃ」

トシゴリは抱いてきた酒の甕を叩いてそこに置くと囲炉裏の前に座った。

トシゴリは傍にあった椀を二つとって酒を注ぐとフツヌシとタケミカズチの前に置き、自分は杓子に酒を注いだ。

「さあ、タケミカズチ比売一杯飲め」

「おれは酒なんか飲めませんよ。統領、俺に酒を飲ませると何が起きるかわかりませんよ」

タケミカズチは困ったように言った。するとフツヌシはタケミカズチの前に置いてあった椀を取り上げ無理やりタケミカズチに押し付けた。

「何ば言うとるか。お前は鬼神も恐れるタケミカズチではなかか。こんぐらいの酒、飲めんこつはなか。それに今日は特別の日ぞ。ほれ、ヤマダ国の人々があげんに喜んでおる。タケミカズチは最大の功労者じゃけんな」

フツヌシは入り口から見える外の景色を指差しながら言った。そこにはヤマダ国の人々がそここで歌い踊る姿が見えた。皆、平和が来たことを喜んでいるのだ。

二時間後、三人は甕の酒を飲み干していた。トシゴリはもう仰向けになって口を開けて鼾をかいている。フツヌシもしたたかに酔って、怪しげな呂律で話しかけた。

「おう、タケミカズチよ。こうして酔うてから見ると、もしかしてお前はやっぱり女じゃと思えて来るぞ。ふむ、その姿、色気があるではなかか」

まだ一人で最後の酒を飲み干しながら、フツヌシがそう言って笑った。

「統領、酔っ払って変なことを言うと怒るよ」

酔いが回ったタケミカズチがフツヌシの膝を蹴った。

「おお、そのしぐさがよか。おれはお前に惚れるかもしれん」

「何か妙なことをしてみろ。統領だって容赦しないぞ。おれの短剣が喉に刺さるぞ」

タケミカズチはそう言って、懐から短剣を出したが、剣を持ったまま、ばたっと倒れるように眠ってしまった。フツヌシはタケミカズチの寝顔をまじまじと見た。まだ若い女の寝顔だった。

「ナズナ、かわいか寝顔ばしとるじゃなかか」

フツヌシはそう言いながら、自分もごろんと横に倒れるとそのまま寝入ってしまった。


夜更けに、タケミカズチが目を覚ますと、トシゴリの姿はなかった。自分の家にふらふらと帰ったのだろう。フツヌシはまだ大の字になっていびきをかいていた。赤銅色の胸板には戦いの傷がいくつも刻まれている。

タケミカズチは過ぎた戦さのことを振り返った。何度も危険な目にあったが、そのたび命を救われた。ハコベも自分の危険を顧みず、タケミカズチを守ってくれた。タケミカズチの命を救おうとして自らの命を落としたタカネもいた。タカネの仇を打ちたくて戦った日もあった。しかしタカネが帰ってくることはなかった。

そしてフツヌシ。大鼾をかいている男の顔を見て呟いた。

「この男とずいぶん長いこと一緒に戦ってきた」

先日も結局フツヌシに命を救われた。そもそもカヤでミナカタの配下に切られるところを救われたのがフツヌシとの出会いだった。タケミカズチは覆いかぶさるようにしてフツヌシの寝顔をまじまじと見た。タケミカズチは言い知れぬ感慨に襲われた。フツヌシは出会った時からいつもタケミカズチには優しかった。しかし戦いになるとこれほど恐ろしく、また頼りになる統領はいなかった。この男と一緒に天を翔けコシからクナまでを平定した。急にたまらなくいとおしさがこみ上げてきた。タケミカズチはフツヌシの胸に頬ずりをした。フツヌシは目覚め、胸の上にタケミカズチの頭が載っているのに気付いて少し驚いたが、優しく笑うとタケミカズチの銀髪の頭をポンポンと叩いた。それは初めてタケミカズチが手柄を立てた、対馬島での出来事を思い出させた。フツヌシの胸の上のタケミカズチが顔を上げて眼が合うと、フツヌシはいきなりタケミカズチを抱きよせ口づけをした。タケミカズチはフツヌシの首に腕を回し、長い脚をフツヌシの体に巻きつけた。

エピローグ

その後トヨは倭国王に推戴され、アズミ族、イズモ族、コシ族、クナ族を統治した。そして光り輝くその姿から、アマテラスと呼ばれ人々の崇敬を集めた。トシゴリはよくトヨを補佐した。イクメとハヤヒは、自分の水軍を持って独立していった。アザミは結局十五人の子供を産んで、そのうち八人を育て上げた。ハコべたち三人の女兵士は水軍から引退した後、一つ家に一緒に住んで老後を共に暮らした。

タケミカズチは後世に勇者の伝説を残したが、トヨの護衛隊長を退いたのちはナズナの名に戻った。フツヌシはヤマダ国を守る将軍として働き、その武勇は長く語り継がれた。最後はフツヌシとナズナは夫婦として野良仕事などしながら静かに余生を送ったという。人々はやがてそれぞれの命を全うし静かにこの世を去っていった。彼らの死後もヤマダ国の平和は六十年ほど続いた。ヒミコやタケミカズチたちの願いが天照様に聞き届けられたのか、その間は大きな戦さもなかった。

しかし、六十年後、戦さはまた海を越えてやってきた。ヒミコに「親魏倭王」の称号を授け、ヤマダ国の後ろ盾になった魏は滅び、その政権を引き継いだ西晋という国も弱体化した。紀元三百十三年、その隙をついて、高句麗が当時韓半島における西晋の拠点だった楽浪郡を滅ぼした。同じころ帯方郡も滅ぼされた。強大な軍隊を引き連れて倭国を訪れ、王たちをひれ伏させた人物、梯儁が属していた帯方郡も歴史の表舞台から消えた。

その結果、楽浪郡や帯方郡を追われた難民と敗残兵は、海を越え大挙して倭国に押し寄せた。アズミ族の国々は再び急激な人口過剰状態になり、またも戦乱が勃発した。ヤマダ国は大混乱に陥り、その勢力の一部は東の奈良盆地に新たな拠点を作るため進軍したという。四世紀初めのことである。

天翔ける水軍

2021年2月2日　初版発行

著　者　星野　盛久
発行所　学術研究出版
〒670-0933　兵庫県姫路市平野町62
TEL.079(222)5372　FAX.079(244)1482
https://arpub.jp
印刷所　小野高速印刷株式会社

ISBN978-4-910415-06-2